A CLOCKWORK ORANGE
发条橙

[英国] 安东尼·伯吉斯 著　杜冬 译

译林出版社

图书在版编目（CIP）数据

发条橙／（英）安东尼·伯吉斯（Anthony Burgess）著；杜冬译. —南京：译林出版社，2019.7（2025.5重印）
书名原文：A Clockwork Orange
ISBN 978-7-5447-7707-0

Ⅰ.①发… Ⅱ.①安…②杜… Ⅲ.①长篇小说－英国－现代 Ⅳ.①I561.45

中国版本图书馆 CIP 数据核字（2019）第 072127 号

A Clockwork Orange (Restored edition) by Anthony Burgess
Full text © International Anthony Burgess Foundation, 1962
Restored edition © International Anthony Burgess Foundation, 2012
Critical material and editorial notes © Andrew Biswell, 2012
This edition arranged with David Higham Associates Limited
through Andrew Nurnberg Associates International Limited
Simplified Chinese edition copyright © 2019 by Yilin Press, Ltd
All rights reserved.

著作权合同登记号　图字：10-2017-577 号

发条橙　安东尼·伯吉斯／著　杜　冬／译

责任编辑　赵　奕　竺文治　李玲慧
封面插画　David Pelham
装帧设计　韦　枫
校　　对　张　萍
责任印制　闻媛媛

原文出版　Penguin, 2013
出版发行　译林出版社
地　　址　南京市湖南路 1 号 A 楼
邮　　箱　yilin@yilin.com
网　　址　www.yilin.com
市场热线　025-86633278
排　　版　南京展望文化发展有限公司
印　　刷　南京新世纪联盟印务有限公司
开　　本　880 毫米 ×1240 毫米　1/32
印　　张　8.125
插　　页　4
版　　次　2019 年 7 月第 1 版
印　　次　2025 年 5 月第 14 次印刷
书　　号　ISBN 978-7-5447-7707-0
定　　价　48.00 元

版权所有　·　侵权必究

译林版图书若有印装错误可向出版社调换。质量热线：025-83658316

目录
Contents

发条橙果酱   01

发条橙   01

注释   207

后记   221

安东尼·伯吉斯1961年初版《发条橙》打字稿   239
    （含作家手迹）

发条橙果酱

安东尼·伯吉斯

我在纽约看了斯坦利·库布里克执导的《发条橙》,像大家一样,挤破了头才进得电影院。我本以为,这一挤值得,这部作品将是十足库布里克风的作品,技术惊艳,思想深刻,意义重大,如同诗篇,促人思索。我不介意看到自己的小说被大改特改,反倒不希望电影对小说亦步亦趋。我觉得如果自己能将其美誉为库布里克的《发条橙》而不以为唐突,那将是我对他大师才华的最高礼赞。然而事实却并非如此,这部电影完全脱胎于小说,电影本身引发的广泛争议让我自己也注定无法置身事外。从哲学甚至神学意义而言,库布里克的《发条橙》本就是我所种之树结的果。

我写《发条橙》是在1961年,年代遥远,如今的我似也难以体味当年那个作者为谋生所困,在十四个月里连写五部小说的心境。至于标题倒是最容易解释的。1945年我从军队退役,听到一个八旬老伦敦人在一家伦敦酒吧里说某人"就像发条橙一样弯(queer)"。这里的"弯"可不是说同性恋,意思是头脑不正常。这个词诡异地融合了通俗和超现实两者,让我着迷。近二十年里,我一直想用这个名字来写点什么。在这二十年里,我又有几次听到过这个词——在地铁站,在酒吧,在电视节目上——但都是出自年迈的老伦敦人之口,从没听年轻人说过。这是个老词,因此需要作品也必须结合传统的焦虑和古怪的现代技术。使用该名的时机终于成熟,我开始构思一部关于洗脑的作品。正如乔伊斯笔下的斯蒂芬·迪达勒斯(《尤利西斯》里的)曾说这个世界是"扁橙子";人是一个小宇宙,小世界;如同水果一样,他是自然而生,能够焕发色彩、香味和甘甜;若要胡乱折腾他,修理他,就是把他变成一件机器。

当时英国的媒体经常讨论犯罪率不断增长之事。50年代末期的年轻人骚动而狂躁,他们对战后的世界不满,更暴力也更能打砸抢。当人们讨论所谓的犯罪率不断增长时,就是指的他们,他们也比从前的流氓阿飞们更加显眼嚣张。从暴力犯罪登峰造极的当代回望,我们会发现当年的英国阿飞和摩登派们干起反社会的勾当还青涩得很;然而,他们却是预兆,街上的行人害怕也不无道理。如何处理他们呢?丢进监狱或少管所会让他们更加恶劣:为了节约纳税人的钱,快速地修理他们,通过某种矫正疗法让他们对犯罪行为感到不适，恶心，甚至感到大限将至，岂不是更好？许多人对这个主意点头赞许（不，在当时，这甚至已经成了政府提案，虽然是由有影响力的民间理论家提出的）。人们还是点头赞许。在《弗罗斯特脱口秀》上，有人暗示道，可惜阿道夫·希特勒没有受过这种矫正疗法，否则一想到暴动和大屠杀，他就会恶心得吐一桌子，吃不下奶油蛋糕。

很不幸，希特勒依然是人，如果我们认为可以将一个人洗脑，那我们就不得不认为任何人都可以被洗脑。希特勒让人十分痛恨，但历史上并不缺乏这种让举国恨之入骨的争议性人物——例如基督、路德、布罗诺，甚至D. H. 劳伦斯。不管吃了多大苦头，人们对此不得不上升到哲学的角度来看。我并不知道人能拥有多少自由意志。（瓦格纳的汉斯·萨克斯说过："我们只有一点点自由。"）可我知道，不管自由少得如何可怜，都不容践踏，哪怕践踏者满怀好心。

因此，《发条橙》本意是想成为一本小册子，甚至是一本宣教书，告诫人们自由选择的权利何等重要。书中的主角或者说反角阿历克斯十分邪恶，甚至邪恶到让人难以置信，可他的邪恶并非来自天生，也不是社会制约的产物；那是他的自主选择，他心甘情愿。阿历克斯是恶棍，并不仅仅是误入歧途，而且在一个正常社会中，他的胡作非为也必须被追查和惩罚。可他的罪恶乃是人之罪恶，从他的种种恶行中我们也能看到自己的痕迹——竭力要在冲突中扮演一个没犯过罪的平民，有时候不讲道理，在家里发狠，做白日梦。至少在以下这三点上，阿历克斯可谓人性之标本：好斗，爱美，会说话。讽刺的是，他的名字也可解读为"无话可说"，尽管他本人滔滔不绝——操的是一口捏造的黑话。尽管如此，在如何管理他的社区，如何运营国家上，他完全无权说话。对国家而言，他不过是个草民，仅仅是存在本身。就像是月亮，尽管没那么死气沉沉。

就神学理论而言，罪恶是不可度量的。可我提出，有些罪行更为恶劣，其中罪大恶极的莫过于剥夺人性，杀死灵魂——也就是能够选择善与恶的自在之心。强行让一个人行善，且只能行善，这就是杀死了他的灵魂，目的或许是社会安定。无论是我的，或者库布里克的寓言式作品，所强调的正是如此，宁愿要一个人们自己甘愿作恶的社会，恶行出自他们的自由意志，也不愿意要一个被硬拧成良善的、无害的社会。我如今发现，这个理念已经过时了。例如 B.F. 斯金纳就真心认定有比自由和尊严更重要的东西，他想见到有自主意识的人灭亡。他或许对，或许不对，但根据犹太教与基督教的伦理观，也是《发条橙》所尽力表达的伦理观，他犯下了可怕的异端之罪。对我而言，这似乎与西方人尚未准备好要抛弃的传统观念相符，即应扩展让人做出自由选择的余地，即便此人最终决定亮明旗号，明火执仗地反对天使。我认为，消灭自由意志，就是反圣灵的罪过。

不管是电影或是书籍，里面的英国政府在洗脑阿历克斯的过程中犯下了罪恶，最显著的是他们根本没办法自觉领悟到有些事物与道德取向无关，却仍有价值。阿历克斯喜欢贝多芬，他用《第九交响曲》来刺激自己进入血腥的美梦。可这是他自己的选择，同理也意味着他或许会自愿转向，将音乐作为喜心乐事，甚至借此领悟圣光。在他的矫正疗法开始前，他虽然还未转心，却并不表明他永远不会变。然而矫正疗法却将贝多芬与可怕的惩罚联系起来，等于剥夺了此人（不管他多么愚蠢和懒散）悟得圣光的机会。因为比起道德伦理之理，还有更大的理自在长存：这是根本的善，是圣灵之光，我们从苹果真味或是音乐之妙中可品尝一二，从行善甚至慈善中反而难得其中真味。

有些观众和读者一口咬定，《发条橙》多此一举地纵情歌颂暴力，让这部原本打算说教的作品变成了一部色情作品，这种说法让我感到痛心，库布里克的感受也同我一样。我写作小说时，描绘暴力绝非乐事：我刻意耸人听闻，夸张笔墨，甚至发明出一套子虚乌有的黑话，本来就意在使得其中的暴力更加类似抽象，而不是更真实。库布里克则通过出色的电影语言，充分地表达了文字中的应有之意。若我们压根不描写暴力，这本书会更轻松愉快，也会博得更多好评，但如此的话，我们便看不到阿历克斯原本的面目，他的矫正之剧烈就丧失了力量。对我自己而言，描写暴力原本既是宣泄之举，也是出自爱心。我的妻子在1942年伦敦灯火管制期间就遭受了邪恶的、不计后果的暴力毒手，她被三个美国陆军的逃兵抢劫和毒打。本书的读者应该记得，书中那个妻子被强奸的作家，所写的书名正叫作《发条橙》。

让电影观众不满之处在于，银幕上的阿历克斯尽管凶狠，却很可爱。有些人甚至不得不自行"矫正"，才不会喜欢上他，不会让自己的爱心压过了应有的正义怒火。问题在于，如果我们热爱人类，那就不能将阿历克斯排除在人类之外，不加热爱。阿历克斯和他的另一个自我，F. 亚历山大犯下最大的仇恨与暴力罪行的那个农舍，不是叫作"家"吗？我们以为，家是爱心之根源。但对于书中的政府而言，首先关心的是自己千秋万世，其次，会无比乐于看到人类都老老实实，行不逾矩，我们毫无责任，特别是没有责任去爱。

还有最后一点要说，这会让许多钟爱库布里克的《发条橙》而不是伯吉斯的《发条橙》的人感到索然无味。电影和书中的语言[所谓纳查，也就是俄语"青少年"(pyatnadsat) 一词的后缀，字面意思是十五岁]并不纯是游戏。这种语言的用意在于让《发条橙》本身变成一本"洗脑"的启蒙书。无论你读书或是看电影，到了最后你会发现自己学会了一些最基本的俄语词——得来毫不费力，让你惊喜。而洗脑正是这样生效的。我选择俄语，是因为这种语言能和英语更好地拼接，强于法语或德语（德语已经变成了某一种英语，异国风情已不足了）。《发条橙》的训诫和苏维埃俄国的意识形态或者镇压手段毫无关系：它所说的完全是如果我们西方人不加警惕，将会遭遇什么。如果《发条橙》和《1984》一样，成为一本颇有益处的警世之书——或者警世之电影——告诫人们要抵制软弱、草率下决定以及对政府的过度信任,那它就可算不无价值。对我自己而言,我对这本书其实并不如对其他作品钟爱:一直以来,我都将此书封入瓶中,束之高阁——如同果酱,而不是盘子里的鲜活橙子。我真心希望有人能将我其他的某一部作品拍成电影,这些作品无一例外都毫无戾气,可我觉得这也不过是奢望。看来我不得不终此一生都是一部伟大电影的原作者和创始者,并且将终生顶着众人的反对之声,辩称自己是怎样一个文雅谦和的人。就像斯坦利·库布里克一样。

《听众》周刊,1972年2月17日

发条橙

A Clockwork Orange

牧人：我希望十六岁和二十三岁之间并没有别的年龄，否则这整段时间里就让青春在睡梦中度了过去吧；因为在这中间所发生的事，不过是叫姑娘们养起孩子来，对长辈任意侮辱，偷东西，打架——

　　莎士比亚《冬天的故事》第三幕第三场

1

"接下来去干啥,嗯?"

本人是阿历克斯,还有我的三个哥们儿:彼特,乔奇,还有丁蛮,丁蛮的脑子的确有点慢。我们几个人当时坐在克洛瓦奶吧,要打定主意晚上去干点啥。这是个该死的大冬天晚上,又黑又冷,幸好没下雨。克洛瓦奶吧是个奶货铺,你呀,哥们儿,可能都忘记了这种铺子是什么模样。如今世道变得快,大家忘性大,报纸也没人读了。这种铺子里卖牛奶,也卖点杂货。他们没有卖烈酒的执照,但当时还没有立法禁止你炮制新鲜玩意。那时候咱们把这些玩意掺进牛奶里,你可以在牛奶里掺速胜,掺合成丸,掺什么漫色或一两种其他玩意,这能给你一刻钟的美妙安宁,喜看你的左边鞋里如何显示出上帝老儿和他那一大帮天使圣人,脑仁里则无数灵光乍现。要不你就来点"牛奶掺刀子",这是我们那时候的说法,这东西会让你心眼活络,让你打算整出点"二十对一"的脏事。我这个故事发生的当夜,我们喝的正是这东西。

我们的兜里都是票子,由此看来,实在没必要为搞点零钱,就在胡同里把某个老东西推来搡去,眼瞅着他流血倒地,我们则当下数清,四人平分;我们也不用闯进人家店里,对那些哆哆嗦嗦的白发老太们张牙舞爪,卷走钱箱里的货色,咧嘴大笑着开路。俗话说得好,金钱不是万能的。

我们四个穿得十分时髦。当时流行穿紧绷绷的黑色紧身裤,还在裤子裆部衬一块果冻模子,一来是为了保护裆部,二来也是专门设计的,只要光线合适,你就能看得清清楚楚。我的那块是蜘蛛形,彼特的是一个五指山(也就是巴掌),乔奇的是一朵很花哨的花,可怜的老丁蛮则是一个又下流又贱兮兮的小丑面盘(也就是脸)。丁蛮从来对事情和自己都没多少想法,哪怕你再疑心,也会认定他是我们四个中最笨的那个。当时我们穿着直领的束腰夹克,夹克里有老大两块垫肩(我们叫它假肩),成心是为了恶心那些天生宽肩膀的家伙。哥们儿,我们还围着白色的领带,看起来就像是搅出来的土豆泥或者说马铃薯泥,领带上的花纹活像是用叉子胡乱戳出来的;我们没留长头发,穿着一双专门踢人的靴子,很是带劲。

"接下来去干啥,嗯?"

柜台上总共坐着三个小妞,我们小伙子可有四个,通常我们会玩一对多,或多对一。小妞们也穿得很入时,脑门上戴着紫色、绿色和橘色的假发。我料想,买一顶假发少不了要花上她们三个或四个礼拜的薪水,还要化妆来配假发(她们眸子一圈画着彩虹,嘴唇描得很宽)。她们穿着很直挺的黑长衫,酥胸上还顶着小小的银牌,上面写着好些小伙子的大名——乔,麦克什么的。据说这些都是姑娘们还没满十四岁就睡过的小伙子们。她们总盯着我们看,我恨不得说(话都到了嘴边了),我们三个该走过去,好好搞一把,别管可怜的老丁蛮。只消给丁蛮买升生白葡萄酒就行,只不过这次得掺合成丸。但这就是破坏游戏规则了。丁蛮的确很丑,人如其名,可他打架下狠手绝不含糊,使靴子踹人也是把好手。

"接下来去干啥,嗯?"

有个家伙就歪在我边上,三面墙的墙根下都放了又长又大又时髦的椅子,这家伙的一对眸子昏沉沉的,早就醉得一塌糊涂了,还念叨着"亚里士多德希望水洗把戏打出仙客来花叉型花样"之类的酒话。他人在地球上,神魂早飞到太空了,我知道,因为我也曾跟他一样,像大伙一样,尝试过一点这玩意,可眼下我总觉得,这事实在太窝囊,哦哥们儿!来一点牛奶,你就得躺下,然后你会觉得你身边所有的玩意,都像是发生在过去。那些玩意你还是看得见的,一样不缺,清清楚楚——桌子啦,音响啦,灯光啦,小妞和小伙子啦——可这些都像是过去发生的,现如今已经啥都没了。你又被自己的靴子,鞋子,指甲,或者别的什么鬼玩意给催眠了,这当口,你就像是被提着脖子拎起来摇,好像你跟个猫似的。摇着摇着,就把什么都摇丢了。你的名字,你的身子,还有你自己,你一点都不担心。你等着,看着你的靴子或指甲变黄,黄上加黄,一直黄下去。灯光噼里啪啦,像是原子核反应,你的靴子,指甲,也有可能是裤子屁股上的一点土变成老大老大老大的一团,比整个世界都大。正当你快要见到上帝老儿,老天爷的时候,药性就过去了。你掉回地上,哇哇地哭,撇开了嘴哇呜呜地号丧。这是很爽,可是也很窝囊。你生到这地方来,不是为了去找上帝老儿的。这种事能把一个家伙的精气神和善心抽个干净。

"接下来去干啥,嗯?"

音响开着,你感到唱歌的嗓门在奶吧里四下乱晃,一会蹿到天花板上,一会又一跟头翻下来,在墙上撞来撞去。唱歌的是贝尔蒂·拉斯基,唱的歌也早就老掉了牙,叫作《你弄花了我的妆》。柜台上那三个小妞里面,头戴绿色假发的那个,随着他们中意的所谓"音乐"节奏把小肚皮一挺一收。我觉得牛奶里的刀子开始扎我了,现在我打算来点二十对一的把戏。我嚷起来,"走走走走!",嚷得跟个狗崽子一样。我狠揍了那个坐在我身边、已经嗨大了的家伙,在他的耳朵眼或者说耳孔上砸了好大一拳头,可他浑然不知,还嘟囔着"电话机组当发发苦撸拉变成拉巴嘟嘟"。等他收了魂灵,醒了过来,他就该知道有多疼了。

"哪去?"乔奇说。

"哦,就是去遛遛弯,"我说,"看看外头什么情况,哥们儿。"

于是哥几个就在这大冬天的夜里出了门,在外头逛荡。从玛格哈妮塔林荫大道一路走下去,又转到了布斯比大道,终于没白费我们一番好找,来个小把戏,正好打发今天晚上。那是个摇摇晃晃、老态龙钟的家伙,活像个校长,挂着眼镜,大冷天的夜里,还张嘴喘气。他胳膊下头夹着书,还有一把烂糟糟的雨伞,刚从公共图书馆出来,转过街角,如今可没多少人会逛图书馆了。这年月,天一黑,你就看不到有几个老东西了,警力不足。我们好小伙子则四处找乐,整条街上就只有这个教授模样的家伙。我们朝他晃过去,煞有介事。我说:"不好意思,哥们儿。"

看到我们四个安安静静地走过来,有模有样,满脸是笑,他看起来有点吓住了。不过他说:"哦?有事吗?"提着教师一样的大嗓门,好像打算表明他一点都不怵我们。我说:

"我看您在胳膊底下夹着好几本书,哥们儿。如今还能碰到有人依然喜爱阅读,真让我欢欣鼓舞,哥们儿。"

"哦,是吗?"他说道,浑身发抖,"明白明白。"他把我们四个人看过来看过去,被我们笑容满面、彬彬有礼的小圈子围在中间。

"可不是,"我说,"如您不弃,可否让我们一览您胳膊下夹着的是哪些书,我对此抱有极大的兴趣。这世界上,没有什么比一本干净的好书更让我着迷了,老兄啊。"

"干净,"他说,"干净,什么?"彼特从他那一把拽过了那三本书,忙不迭地递了过来。既然有三本,我们每个人都能拿一本,除了丁蛮。我的那本叫作《结晶学入门》。我打开书,念叨着:"好极了,真高端。"手里翻个不停。接着我就换了个吃惊的调门说:"这都是什么?这个脏词是什么?我一看到这个词就害臊。我把您看走眼了,您哪,我真看走眼了。"

"怎么,"他说,"咋回事,咋回事?"

"得了吧,"乔奇说,"这书就是纯垃圾,这里有个词以f打头,还有个词以c打头。"他的那本书名叫《雪花的奇迹》。

"哦,"可怜的老丁蛮从彼特肩膀上探头过来,他总是把握不好分寸,"书上写,他把她给弄了,这还有张图不是?好啊,"他说,"你就是个满嘴屁话、一脑子坏水的老东西。"

"都到了这把年纪了,您啊。"我说,开撕手里的书,其他人也依样照搬,丁蛮和彼特还为那本《棱面晶体系统》的书抢了起来。那个老书虫喊上了:"可这不是我的书,这是公有财产,你们这是胡作非为,有辱斯文。"诸如此类的废话。他还打算从我们手上把书给抢回去,真可怜。

"你真欠收拾,"我说,"你自找的。"我手里那本结晶学的书装订得很结实,很难撕碎。这书很老,它出版的那个时代,东西都经久耐用。可我最后还是将书页撕开了,一把把地砸到那个尖叫的老东西身上,就像雪花,但是更大。其他人也照办,老丁蛮上蹿下跳,就是个小丑。"给你,"彼特说,"吃你的鲭鱼玉米片,你这个读黄书、读脏书的下流胚。"

"你这个淘气的老东西。"我说,我们开始捉弄他。彼特抓住他的手,乔奇想办法用钩子把他的嘴巴扯得很开,丁蛮扯出了他的假牙,包括上牙和下牙。他把假牙丢在地上,我照样用靴子猛踹,但假牙结实得要命,好像是用某种新的高级塑料材料做的。老东西咯吱咕噜地唤着——唔哇嗷——乔奇松开了手,不再上下扯着他的两片嘴唇,而是狠狠在没牙的嘴上来了一记,手上还戴着戒指。老东西狠命哀号,然后血就出来了,哥们儿啊,美极了。在这之后,我们不过是把他的外套给扒了,把老东西脱得只剩背心和长裤衩(衣服都是老古董了;丁蛮几乎把嘴都笑歪了),彼特又给他肚皮上过瘾地踢了一脚,就让他滚了。他跌跌撞撞地走了,其实这一顿揍算不得太厉害,他"哦哦哦"地唤着,搞不清方向,也不知道原委,我们在后面偷笑,然后把他的兜翻了个遍,丁蛮拿着他那把破伞跳来跳去,但兜里实在没什么货色。有几封老掉牙的信,有些都是1960年写的,满是"我最最亲爱的"之类的废话,一个钥匙圈,一支漏水的老钢笔。老丁蛮不再跳伞舞了,他照例得大声朗读一封信,好向这空荡荡的街道表明他识文断字。"我亲爱的,"他念道,嗓门高得出奇,"当你出门在外,我会常加想念,望你夜间出门时珍重冷暖。"他高声"嚯嚯嚯"大笑,假装用信纸去擦屁眼。"得了吧,我们走,哥们儿哪。"我说。老东西的旧长裤里只有少得可怜的毛票子(就是钱)——不超过三个大子——我们把那一堆乱糟糟的小硬币空撒了,和我们兜里的票子比,这简直是九牛一毛。我们砸了伞,把他的衣服给扯碎，抛向风中，哥们儿，我们和这个教师模样的老东西就算完事了。我们几乎啥也没做，我知道，但夜晚不过刚刚开始，这用不着对老少爷们放软话。加料牛奶里面的刀子正闹得开心，此刻正好。

接下来要做点善事，一来是为了烧掉一点票子，好让我们更有干劲去入店打劫，二来也能预先打点关系，好为我们洗脱罪名。我们就去了艾米斯大道上的"纽约公爵"，果然在雅座里有三四个老太太，用政救（政府救济金）喝黑啤和淡啤。可眼下我们是好孩子，笑着给每个人道晚上好，不过这些满脸皱纹的老太婆们看起来吓得不轻，青筋毕露的手哆哆嗦嗦，酒杯里的啤酒都洒到了桌子上。"行行好吧，孩子，"有一个老太说，她的脸像是千年化石，"我们只不过是没钱的老人家。"但我们无所谓地磨磨牙，喳喳喳，坐下来，打铃，等着服务生过来。他来了，胆战心惊，在脏兮兮的围裙上蹭着手。我们要了四份"老兵"——"老兵"就是朗姆配樱桃白兰地，当时刚开始流行，有人喜欢在里面放一片柠檬，这是加拿大人的喝法。我对服务生说：

"给那边几个可怜的老太太加点餐。每人一大杯苏格兰威士忌，再来点东西让她们打包带走。"我把兜里的钞票都倒在桌子上，其他三个人也照办了，哦哥们儿哪，双份的"火焰黄金"酒就摆在了战战兢兢的老太太们面前，她们不知道该做什么，说什么。其中一个老太太终于憋出来一句：谢谢，小伙子。不过看样子，她们以为就要大祸临头了。总之,给她们每人一瓶"扬基将军",也就是科涅克白兰地带走,第二天早上还会给每个老太太送去一打黑啤酒和淡啤酒,也是我掏的腰包。她们只需要把自己臭狗窝的地址留给柜台就行。剩下的钞票,我们可买了不少,哥们儿,这家店里所有的肉馅饼、椒盐卷饼、奶酪小吃、炸土豆片和巧克力棒都被买空了,这也是给老姑娘们吃的。然后,我们说:"我们马上就回来。"老姑娘们还在念叨,"多谢了,小伙子","上帝保佑,孩子们"。我们出门时,兜里一个大子也没了。

"感觉真来劲,没说的。"彼特说,可怜的、蛮脑筋的老丁蛮看起来根本摸不着头脑,可他闭口不言,担心人家叫他蠢货,四肢发达头脑简单。我们转过街角,到了艾德礼大街,那里有个卖糖果和烟的店依然开着门。我们有差不多三个月没光顾了,所以整个地区总体上很太平,武装警察、雷子巡逻队很少来这里,如今他们都在河北岸扎堆出没。我们戴上面具——这些都是新玩意,很给力,做得棒极了,真的;面具用的是历史人物的脸(你买的时候老板会告诉你面具的名字),我戴着迪斯雷利,彼特的面具是猫王埃尔维斯·普雷斯利,乔奇的面具是亨利八世,可怜的老丁蛮的面具说是个诗人,叫老P·老B·雪莱;戴起来真是惟妙惟肖,头发啥的全都不缺,材料是什么特殊的塑料,完事之后可以卷起来塞进靴子里去——我们三个进去了,彼特在外头望风,其实外头也没什么可担心的。我们一闯进店里,就扑向掌柜斯洛士,这家伙肥得活像一大

15 坨红酒冻,他马上就明白我们要干什么,一头冲向里屋,那里有电话,也许还有那支油光锃亮的手枪,里面六发子弹已经上膛。丁蛮已经绕过了柜台,快得像只鸟,撞得香烟横飞,还撞掉了一大张海报。海报上一个美妞在向顾客兜售新牌子的香烟,只见她笑得露出满嘴大牙,咪咪都快要蹦出来了。只见一个大肉球向帘子后面的店铺里间滚去,那是老丁蛮和斯洛士打得你死我活,你听见他们喘着粗气,鼻子哼哼,在帘子后面互相踢打,东西掉了满地,两人大骂出口,玻璃也碎了,稀里哗啦咔嚓。斯洛士大娘,也就是老板娘,在柜台后面吓呆住了。我们觉得,她一旦回过神,就会高声大叫杀人了,于是我飞快地绕过柜台,抓住了她。她也是个死大块头,满身香水味,两颗大咪咪甩来甩去,波涛汹涌。我捂住她的嘴巴,好让她不会尖叫杀人了,砸店了,弄得天王老子都知道了。但这条母狗反而狠狠咬了我一大口,结果尖叫的是我,然后她松开牙齿,张口大叫武装警察。所以,不得不拿个秤砣敲打敲打她,再用开箱子的铁撬棍给了她轻轻一家伙,结果红瓤子就出来了,真是老一套。我们把她放倒在地上,扯开她的衣服来玩,轻轻用靴子踢了几脚,她就不喊疼了。那会儿,看她躺着,咪咪露在外头,我就想要不要玩一会儿,不过那是深夜的节目。我们把钱箱倒空,那天晚上我们大丰收了,顺便每人还拿了几包顶级的香烟,然后我们就走人了,哥们儿。

16 "他可真是个混球死胖子",丁蛮一直念叨着。我不喜欢丁蛮这副样子；他脏兮兮的，衣衫不整，好像刚打过架的样子。当然了，他的确刚打过架，可即便如此，你也绝不能让人看出来。他的领带好像被人踩过，面具被扯掉了，脸上还沾满了灰。我们把他弄进小巷里，稍微给他收拾了一下，往自个儿的手绢上吐唾沫，给他擦灰。我们一向这么照顾老丁蛮。我们很快又回到了"纽约公爵"，我估摸最多走了十分钟。老掉牙的婆婆们还坐在那喝黑啤和淡啤，还有我们买单的苏格兰威士忌。我们开口道："您好哪，姑娘们，感觉咋样？"她们也是老一套"没说的，小伙子们，上帝保佑你们，孩子"。我们按了铃，这次来了另一个服务生，我们点了啤酒加朗姆酒，因为嗓子眼直冒火，哥们儿，老太太们想要的也一块儿点上。然后我对老太太们说："我们刚才可没出门，是不是？我们一直都坐在这儿，对不？"她们马上就明白了，开口道："可不是，小伙子。我一直都看着呢，你们没离开半步。上帝保佑你们，孩子。"接着喝酒。

其实，这也没什么关系，真的。半个小时过后，武装警察才有了点动静，进来两个很嫩的条子，大警盔下面小脸红扑扑的。一个开口道："你们之中有人知道今天夜里在斯洛士店里的事吗？"

"你说我们？"我说道，一脸无辜，"怎么了，发生什么了？"

"盗窃和斗殴，两个送医院了。你们晚上去哪儿了？"

"你这副腔调，我可不爱听，"我说，"你话里有刺，我无意计较，只此一事，足见你生性多疑，小哥们儿。"

"他们整晚都在这里,小伙子,"老姑娘开始诈唬,"上帝保佑他们,这群孩子又好心,又大方,没说的。一直都在这儿呢,要说他们出去过,咱可没见到。"

"我们不过是问问,"另一个警察说,"大家都有工作,我们也一样。"他们出去了,临了还丢给我们一个该死的威胁眼神。我们也弹嘴巴奏乐,扑扑哧哧地送他们滚蛋。不过,在内心里,我还是禁不住对如今的世道有一点失望,没什么可以跟我作对。事情都跟亲我的蛋蛋一样轻松。不过,这夜还长着呢。

2

我们一出"纽约公爵"就看见他了,在吧台灯火闪亮的长窗边上,靠着一个胡乱咕哝的老醉汉,老醉鬼,干号着老祖宗时代的烂歌,一边唱,一边还不停呃呃地打嗝,好像他冒臭气的烂肚肠里头装着一整支烂糟糟的管弦乐队,我从来都见不得这种事。我见不得一个臭烘烘的男人,跌跌撞撞,不停打嗝,喝得烂醉,这和年纪无关,但是,如果是眼前这样的老不死,那就更恶心了。他差不多是平贴在墙上,衣服没法看,全都皱了,乱成一团,沾满了屎尿泥巴污垢什么的。于是我们抓住他狠狠来了几下。但他还是唱个不停。他唱道:

我要回去找我那亲爱的,我那亲爱的。
就等你啊,亲爱的,走得远远的。

等到丁蛮在这个醉汉的臭嘴上打了几下,他终于不唱了,叫唤起来:"来啊,打我呀,你们这帮流氓无赖,我反正也不想活了,这样的烂世道活着有什么意思。"我让丁蛮先停手,因为那时候,我有时挺爱听这些老货谈人生和世界。

我说了:"哦?为啥说这个世界烂?"

他大叫道:"说它烂,因为如今年轻人都爬到长辈头上来了,就跟你们似的,没法律,也没规矩了。"他大声叫喊着,挥着巴掌,振振有词,只不过从肚子里总是翻上来古怪的呃呃打嗝声,就像有东西在肚子里转圈,像有个无礼的家伙总在捣乱作响,不让人好好说话。这个老东西还在挥舞着拳头吓唬人,大喊着:"老人已经没法在这世上活了,因此,我一点都不怕你们,娃娃们,因为我已经喝多了,你打我,我不觉得疼,你杀了我,我巴不得。"我们先是大笑,又阴笑,但什么话都没说。他继续说道:"这算是个什么世道啊?人已经上了月球,人能围绕着地球飞,就像小虫子绕着灯飞似的,可已经没人在乎脚踏实地的法律和秩序了,都完了。你们就把坏事做绝吧,你们这些肮脏窝囊的恶棍。"他还对我们弹嘴唇,"扑扑哧哧扑扑哧哧",就跟我们弹嘴唇对付小警察一样,然后他又唱起来了。

哦最最亲爱的故土,我为你而战,
还为你赢得和平与胜利——

于是我们猛揍了他一顿,满脸是恶狠狠的笑,可他还是唱个不停。我们只有把他放倒。他仰面重重地摔倒,翻江倒海地吐出来一大桶啤酒。我们恶心坏了,就只用靴子踢他,每人踢一脚。老头子的脏嘴也不唱歌了,也不吐了,反倒流出血来。然后我们就开路了。

在市立发电厂附近,我们遭遇了比利仔和他的五个手下。如今这年月,哥们儿,一般都是四人或五人一队,这就像是汽车帮派,四个人能舒舒服服地坐进一辆汽车,六个人是团伙的最高人数了。有时候团伙也会拉帮结派,组成一支小队,好在夜里打群架,但一般来说,最好是小股人马,四处游荡。比利仔那个坏笑的肥脸盘,我一看到就恶心。他身上还总有股回锅不知道多少遍的地沟油味,就算他像今天这样穿得人模狗样也没用。我们两边都安安静静地打量着彼此。这可是来真的,这可是下死手,会动刀子、铁链和刀片,而不光是挥拳踢腿。比利仔和他的伙计们已经停下了手中的勾当,他们抓到了一个哭哭啼啼的小女孩,正打算玩一玩。女孩不满十岁,她大哭大叫,但衣服还没被扯掉。比利仔按着她的一只手,他的头号打手利奥按着另一只。眼下他们大概只是嘴里不干不净,过一会儿才会真干一点点脏活。看见我们来了,他们就放开了那个哇哇大哭的小丫头,反正在她那个地方女孩要多少有多少。她就逃走了,边跑边"呜呜呜"地哭,两条又细又白的小腿在暗处忽闪忽闪。我开口了,满脸是笑,热情得很:"这不是死胖子,臭烘烘、淌坏血的骚货比利吗?您可吉祥,您这脏了吧唧的打折臭地

21 沟油?过来老老实实地让你的卵子吃我一脚,你不会没卵子吧,你这肥猪死太监。"我们就大打出手了。

我们是以四敌六,这一点我刚才就说明了,不过可怜的老丁蛮尽管蠢,论起发疯和打黑架来,却能以一敌三。丁蛮有一根特别长的铁鞭,或者说链条,在腰上缠了两圈。他解下链条,当着众人面前挥舞起来,十分花哨。彼特和乔奇各有一把锋利的好匕首,至于我,则有一把称手的老式长柄剃刀。这把刀挥起来冷光闪闪,叫人惊艳。我们就在黑暗里打成一团。此刻,已经被人着陆过的老月亮刚爬上来,星光直刺而来,就像手上的匕首,等不及要捅人似的。我挥舞剃刀,正当面把比利仔一个手下的衣服猛地割开,割得非常非常利落,除衣服外,连他的毫毛都没有伤到。这个手下正打得起劲,突然发现自己就跟个豌豆荚似的爆开了,赤裸着肚皮,连可怜的老卵子都漏出来了。这可把他气得直跳脚,挥拳大叫,露出了破绽,让老丁蛮"呼哧"一下偷袭上来,挥着链子正中他的左眼。这个家伙跌跌撞撞地跑开了,号得死去活来。紧接着,我们就把比利仔的头号打手踩到地上了。他眼睛被老丁蛮的铁链打瞎了,边爬边号,活像个畜生。我们给他脑袋上狠狠踢了一脚,他就过去了,过去了,过去了。

老样子,我们四个人中间还是丁蛮看起来最狼狈,也就是说,他的脸上全是污血,衣服揉得一团糟,我们另外三个人则依然酷劲十足,无伤大雅。现在我要找臭死胖子比利仔的麻烦,我挥舞着剃刀跳舞，活像顶着大浪在船头跳舞的剃头匠，一心要抓住比利仔，在他脏兮兮的油脸上砍几刀漂亮的。比利挥着把长长的弹簧刀，可他动作有点太慢，身子太重，伤不了什么人。哥们儿，这华尔兹真跳得我心满意足——左边两下三下，右边两下三下，捅左脸，割右脸，两边脸上的鲜血就跟帘子一样同时滚下来了。冬天的星光下面，比利仔又肥又脏的油拱嘴两边正好各有一道鲜血，就跟红布帘子一样淌了下来。不过看得出来，比利仔自己浑然不知，他横冲直撞，就像个脏兮兮的肥狗熊，想用他的弹簧刀扎我。

这时我们听见警笛声，知道警察就快来了，他们已经摇下了车窗玻璃，手枪上膛准备开火了。那个哭哭啼啼的小丫头报的警，绝对的。在市立发电厂后面不太远就有一个报警台。"迟早弄死你，有种别躲，"我喊道，"臭骚货。我非得把你的老二整个割下来。"他们逃了，跑得很慢，疼得直喘粗气，只剩下头号打手利奥躺在地上哼唧。他们向北朝河边逃走了，我们则反向逃走。我们在第二个路口就拐进一条小巷，黑黑的，空空荡荡，两边都有路可走。我们就在这儿休息，开始时直喘粗气，慢慢地终于喘匀了。这地方就像是在山脚，两边都是高不可攀、雄伟无比的山崖，其实是公寓大楼。每间公寓的窗户里都有蓝光闪来闪去。这是电视的光，今天晚上有什么全球直播，也就是说，全世界每个人都能看到同一个节目，只要你想看，想看的人全都是人过中年的中产阶级。上电视的肯定是某个又肥又蠢的喜剧大腕或黑人歌手，而节目又是某个飘在外太空的特殊电视卫星发射到全球的，哥们儿啊。我们喘着气，等着，听到警笛大作的警车向东边去了，这就安全了。不过可怜的老丁蛮一直抬头盯着星星、行星和月亮，嘴巴咧得老大，像个从没抬眼望过天的孩子似的。他说：

"想不通啊，星星上到底有什么呢？那样的地方，会有啥东西呢？"

我猛推了他一把，我说："得了，您这等脑子有微恙的杂种，请勿对此深思。我看那上面的生活和地球一样，有人挨刀捅，有人捅刀子。如今，夜色尚早，我等何不上路，我的哥们儿啊。"别人都笑话他，但可怜的老丁蛮一本正经地看着我，又抬起头看着星空和月亮。我们就沿着小巷一路走下去，两边楼上都是全球直播，蓝光闪烁。如今我们得搞一辆车，所以我们一出巷口就往左拐，看到了一尊很大的铜雕像，是个老掉牙的什么诗人，老东西的上嘴唇像猿猴一样突出来，嘴里还吊着烟斗。一看到这雕像，我们就知道现如今身在普里斯特利宫。我们向北走，到了脏兮兮的老电影放映场。这地方四处掉砖落瓦，没什么人会光顾，只有我们这些好汉会来，来了也不过是四下吆喝，抢劫扒衣，有时也在暗处搞点啪啪啪的把戏。电影场的外墙上贴着海报，上面粘着不少飞泥点子。海报表明这里上映的还是老一套牛仔打斗片，大天使为美国执法官撑腰，向恶鬼帮里出来的盗马贼连开六枪之类。这种很黄很暴力的玩意是国家电影公司在过去那时代拍摄的。影楼子旁边停的车没啥好货色,大部分都是狗屎一样的老爷车,不过有一辆还算新的道奇95,我觉得这车还行。乔奇有一把所谓的万能钥匙,系在他的钥匙圈上。很快我们就上车了,丁蛮和彼特坐在后头,有模有样地吞云吐雾——我打着了火,发动了车子,车子轰隆隆地发动了,很给力,五脏六腑都感觉到震动,浑身又舒坦又暖和。我脚踩倒车,我们悄没声地倒车出去,没让人看见。

我们在所谓后城那儿胡乱开了一会儿,要不就吓那些横穿马路的老东西和女人,要不就追着小猫横冲直撞。然后我们上路向西开,那里没什么人,我几乎把油门踩进车底盘里去了,道奇95将道路甩在车子下面,就跟狼吞虎咽意大利面一样爽快。很快就看到了冬天里的树林,一片漆黑,哥们儿,农村特有的黑。我还不小心撞到了个大家伙,车灯照去,只见一张嘴嗷嗷地咆哮,露出一排獠牙,然后它惨叫一声,吧唧一声被车子碾了过去,倒让后座上的老丁蛮"嚯嚯嚯"地几乎把嘴笑歪。然后又看到一个家伙带着他的马子,在树底下嘿咻,我们得停下车来为他们助兴,所以我们教训了他们俩,一人赏了一二十脚,踢得心不在焉,把他们踢哭了,就又上路了。现在我们要搞的,还是"不速之客"的老把戏。这可是来真的,如果想要弄特暴力的事,那"不速之客"就能让你笑得过瘾,打得带劲。最后我们开到了一个村庄模样的地方,村庄外头有一个独门独户的小农舍,还带着个小花园。月亮已经老高了,我减速,踩刹车,好让大家仔仔细细地打量这个农舍。其他三个人笑得活像傻瓜,我们看见农舍大门上写着的户主姓是"家",这姓真够傻的。我下了车,命令伙计们闭嘴别笑,严肃点,然后推开了小门,走到大门口。我敲门了,又温柔又规矩,但没人来。于是我敲得稍重了一点,这次听见有人来了,拉开门闩,门慢慢地打开了约莫一寸,门里有一只眸子打量着我,还挂着门链。"谁呀?"女人的声音,听起来像是个年轻小姐,于是我斯斯文文地开口了,一听就是个正经绅士。

"抱歉,夫人,不得已打搅您了。我和朋友两个人出来散步,可他吃了不洁之物,突然之间急病发作,此刻他倒地不起,呼痛不止。您是否可发发善心,让我借用贵府的电话叫辆救护车呢?"

"我们家里没有电话,"那小姐说,"不好意思,但我们真没有电话,你再到别处去问问吧。"小屋里间,我听见有人在啪嗒啪嗒嗒啪哒啪得哒哒得啪嗒地打字。打字声突然停了,一个男的问道:"没事吧,亲爱的?"

"劳驾,您能不能发发善心,给他倒杯茶,您看,他好像是昏倒了,估计是眩晕症发作,人休克了。"

那小姐好像迟疑了一下,然后又说道:"你等等。"她走开了,我的三个伙计悄没声息地下了车,偷偷地摸上来,都戴好了面具,我也戴上了面具。没啥可说的,我伸手进门,解开了门链,都是因为咱已经用绅士的嗓音让这小姐放下了戒心,她没有随手关上门,我们可是私闯民宅的夜行侠啊。我们四个人一哄而入,老丁蛮上蹿下跳,唱着淫词滥调,总是一副新手样子。我得承认,这真是一栋漂亮的农舍,我们大笑着闯进了亮灯的房间。小妞就在那,吓得直发抖,一个漂亮的小妞,顶着一对馋人的咪咪。身边站着的家伙是她男人,也不算老,戴着角质框架的眼镜,桌子上放着台打字机,纸头放得到处都是,除了放好的一小沓纸,想必是他打好的文章。看来我们又撞见了一个聪明的读书人,就跟几小时前我们玩过的那人一样。不过这人是个写书人,而不是读书人。只听他开口说:

"你们要做什么?你们是什么人?怎么敢未经允许就破门而入?"他的声音直发抖,双手也是。

"请勿惊恐。若汝心中存怖畏之意,哥们儿,何不稍加排遣。"乔奇和彼特去找厨房,老丁蛮则等着我发号施令,他站在旁边,嘴咧得老大。我从书桌上拿起那沓打好的文稿,说道:"这是什么意思?"那个戴着角质框架眼镜的丈夫颤抖着说话了:

"我正想问你呢。这是什么意思?你们想干什么?立刻滚出去,不然我就把你踢出去。"可怜的老丁蛮,戴着老P·老B·雪莱面具,一听这话就放声大笑,像个畜生一样地吼起来。

"原来是本书,"我说道,"是你写的书呢。"我特意粗声粗气地说话,"我对能写书的人,一向抱有最诚挚的敬意。"我看了看第一页,上面有书名——《发条橙》,不禁说:"这书名真够蠢的。哪里有在橙子里装发条的事?"于是我提高了嗓门,像牧师布道那样高调地朗读道:"人,生机勃勃,活色生香,却要逼着他最终在上帝胡须蓬蓬的口中榨出甜美的汁水,要将只适合于机器的法律和命令强加于他,对此,我要举起笔之刀剑——"丁蛮正忙着对他弹嘴皮子,我只好亲自上阵加以嘲笑。我把书页扯碎,撒在地板上。那个作家丈夫抓狂了,咬牙扑上来。他露出一嘴大黄牙,手指像爪子一样张开,打算一把抓住我。该老丁蛮出手了,他恶狠狠地笑,"呃呃,啊啊"地冲着那家伙发抖的嘴巴就是一顿招呼,咔嚓咔嚓,左一拳,右一拳,然后就又见红了——像是红酒桶,拧开龙头就放,到哪都是这个德性,就像流水线一样——血喷了出来,洒在漂亮干净的地毯上面,也洒在扯碎的书页上。我还在撕个不停,喊里咔嚓。这会儿工夫,那个小妞,作家亲爱的忠贞的妻子,就一直壁炉边呆站着,吓傻了,此刻她终于咿咿唔唔地小声惊叫起来,倒像是为丁蛮的老拳伴奏。乔奇和彼特从厨房里出来了,都在大嚼特嚼,这种面具你就是戴着也能吃东西,全没妨碍。乔奇一只手上提着一只冻火腿之类的,另一只手则拿着半大块面包,上面厚厚地抹了一大团黄油。彼特提着一瓶泡都冒出来的啤酒,还有一块几乎单手拿不住的梅子蛋糕之类的玩意。他们嚯嚯地大笑,观看老丁蛮跳来蹦去,把那个作家揍得惨叫不已,好像他一辈子的心血都被毁掉了。他张开大口,满嘴淌血,呜哇哇地哭喊着。他们"嚯嚯"地起哄,含含糊糊,嘴里塞满了吃的,都能看见他们在嚼什么。我讨厌这样,不仅脏还口水横飞。我说道:

"把嚼物吐出来。我没让你们吃。把那家伙给我按住,让他睁眼看着,别跑了。"他们就把手里面油腻腻的食物放在桌上,弄得纸片乱飞,然后对着作家一顿猛打,作家的角质眼镜框已经被打碎了,但还挂在耳朵上。老丁蛮还在跳舞,搞得壁炉架上的小纪念品晃个不停(我把这些小玩意都扫落了地,免得这些小玩意晃得我心烦,小哥们儿),一边跳,他一边继续捶着《发条橙》的作者,把他的脸全打紫了,鲜血倒淌,活像个新鲜得直冒汁的奇异水果。"好了,丁蛮,该去折腾另一位了,老天爷照看我们大家伙。"那个小妞还在哇哇哇哇吱吱哇哇地尖叫,叫声正好是四拍子。丁蛮给她来了个力士扛鼎,把她的双手反剪在背后。我把她身上左一套、右一套地全扯掉。其他两个还在嚯嚯地起哄。她那一对波波真是漂亮,还露出了粉红的乳头。哥们儿啊,我扒掉裤子,大力猛插。我一边插,一边听她痛苦地哭喊。乔奇和彼特差点让那个满脸是血的作家给挣脱。他发狂嘶喊着最不堪入耳的脏话,有些脏话我听过,有些脏话是他发明的。我完事后就该轮到老丁蛮,他干事时像个畜生一样哼唧吼叫,脸上戴的老P·老B·雪莱面具则面无表情,我替丁蛮按住她。然后我们换人,丁蛮和我按住那个口水横流的作家,他已经无力挣扎,只是含糊不清地喷出几个字眼,好像在奶吧里嗨大了一般。彼特和乔奇也轮番干完事了。一时大家都无话可说,我们心中怒火熊熊,把能砸的都砸了个精光——打字机、电灯和椅子——至于丁蛮,按照他的老一套,撒尿浇灭了炉火,还打算

29 在地毯上拉一泡屎,反正满地都是擦屁股纸。可我说不行。"走走走走。"我吼道。作家和他的妻子已经人事不省,他们浑身鲜血,皮开肉绽,呻吟不断,但他们死不了。

30 我们上了那辆准备好的汽车,我让乔奇来开车,自己觉得腿软乏力,我们一路碾过叽喳尖叫的怪物,回到了城里。

3

哥们儿,我们就开车回城了。可刚开到那个所谓"工业运河"的附近,我们就发现油料指示棒倒下了,就像我们下身的快活棒也倒下了一样。汽车吭哧吭哧吭哧地不行了,可不用太担心,因为附近不远处就有一座火车站,一闪一灭地闪着蓝光。问题是该不该把这辆汽车留给条子拉走。既然我们现在心头有火,恨不得杀人,不如把车子狠推一把,推进死水里,砸出个响亮的大水花来,这个晚上才算完。我们就这么决定了。我们下了车,松开刹车,四个人一起把车子推到水边,这摊脏水像是糖浆掺了人的秽物。再用力猛推一把,车子就掉进去了。我们赶紧向后跳,担心脏水溅到衣服上。可车子扑哧着,咕咚着沉了下去,没了半点踪影。"永别了,老伙计。"乔奇叫道,丁蛮照例小丑一样狂笑——"嚯嚯嚯嚯"。我们于是去火车站,坐一站路就到中心,也就是城市的正中间。我们又规矩又讲究地买了车票,老实安静地在站台上等车。老丁蛮折腾着售票机,他兜里塞满了小硬币,随时准备买巧克力棒分给穷人和饿肚子的人吃,只不过此刻身边没这些人。此时老蒸汽快车轰隆隆地进了站,我们爬上了车,火车上空荡荡的。我们得打发这三分钟车程,于是只得捣鼓所谓的车内用具,把坐垫的五脏六腑都掏出扯碎个干净,老丁蛮还挥链子砸玻璃,直砸到玻璃窗都碎了,在冬天的空气中闪烁发光。我们都觉得有点筋疲力尽,浑身无力,心里烦躁。这个晚上可花了不少精力,我的哥们儿,只有丁蛮依然是个可笑的畜生,生龙活虎,可他浑身脏兮兮的,汗臭熏人,我一直讨厌老丁蛮这一点。

我们在中心站下车,慢慢地走回克洛瓦奶吧去,我们都哈欠不断。对着月亮、星星和路灯展示我们后牙上的填补物,因为我们还只不过是发育中的小伙子,白天还要上学。我们走进克洛瓦奶吧,这里比我们离开的时候更挤了。那个吃了白粉或者合成丸或者什么玩意已嗨到天外满嘴梦话的家伙还在嗨,吐着"死定了淘气鬼上路呵嘿滑柏拉图浪潮天气生"之类的胡话。他当天晚上恐怕已经嗨了三次或者四次,脸苍白得不像活人,好像他已经没了活气,脑袋像是个石膏像。说真的,要是他想嗨这么久,就应该进到后面的包房去,不要一直坐在大厅里,这里会有些小伙子拿他寻开心。不过也不会太过火,因为老克洛瓦里藏龙卧虎,总会有拳头大的好汉们出来不让他们胡闹。反正丁蛮挤开了那家伙,坐在他旁边,小丑一样大张着嘴打哈欠,连扁桃体小舌头都露出来了。他用巨大的脏兮兮的靴子去踩那家伙的脚，但那家伙，哥们儿哪，毫无动静，看来魂儿早就飞远了。

挤在这里喝奶、喝可乐、瞎折腾的大部分都是"黄毛小子"（我们管不满二十的叫黄毛小子）。不过也有几个年长些的，男女都有，在吧台上谈笑、聊天（但没有中产阶级，从来都没有）。只要看看他们的发型和松垮的衣服（基本都是粗花格的毛衣），就知道他们刚结束了街角的电视台彩排出来。他们中间那个小妞面孔很生动，嘴张得又宽又大，涂得血红，露出一排牙齿，大笑不止，没有对这个倒霉的世界上一点心。此时，砰的一声，正在播放的唱片停掉了（本来正在唱歌的是强尼·日瓦戈，这俄国佬扯着猫一样的嗓门唱着《两天只来一次》），下一首歌还没有播放，瞬时一片安静。就在此时，那群人中的一个小妞——这小妞很好看，大嘴鲜红，满脸是笑，我估计快要四十岁了——突然开口就唱，只唱了差不多一两个音节，好像他们光谈论还不够，还要唱一段。就在那一瞬间，哦哥们儿呀，就像有大鸟闯进了奶吧里，我觉得自个儿皮囊上的每一根汗毛都竖起来了，浑身鸡皮疙瘩爬上爬下，活像小小的、慢吞吞的蜥蜴。我知道她唱的是哪一段，来自弗雷德里希·吉特芬斯特所写的歌剧《带栅的窗》，这一段中女歌手被割喉，她的歌声也逐渐暗淡下去，歌词是"不如听天由命吧"。总之，我浑身发抖。

正当这段歌儿如同一块鲜美的、滚烫的肉排落到盘子上请君品尝时，老丁蛮已经等不及撒野了。他用嘴唇吹号，然后是一阵狗

33　嗷,然后竖起两指向上戳了两下,最后是一阵小丑般的狂笑。我火气一下子上来了,亲眼见、亲耳听丁蛮这样动粗撒野,简直会被热血给呛死,我喊道:"混蛋,流哈喇子的脏货,不懂规矩的混蛋。"我和讨厌的丁蛮之间坐着乔奇,我侧身越过他,在丁蛮的嘴巴上飞快地打了一拳。丁蛮大吃一惊,大咧着嘴,擦着嘴唇上被打出的鲜血。他呆瞅着流淌的鲜血,又呆瞅着我。"为啥打,你要打我?"依旧是那副愚蠢的腔调。没几个人看到我出手,即便看到了,他们也不在乎。音响又开动了,播放的是一段很恶心的电吉他乐。我说:"揍你是因为你是个不懂规矩的混蛋,毫无脑筋,对大庭广众之下应举止优雅一无所知,哦哥们儿啊。"

丁蛮一副可恶的老样子,他说:"你要那么弄,我不喜欢这,我不是你的哥们儿,做不成,也不想做了。"他从兜里掏出一块沾满鼻涕的大手绢,擦掉流出的血,一副想不通的样子,总是皱眉看着鲜血,好像他觉得流血的是别人,不可能是他本人。此情此景,如同他正在喋血高歌,好补偿刚才那个小妞高唱时他的粗俗表现。可那小妞正在和她的伙计们高声呵呵呵大笑,红唇大张,银牙闪光,根本就没注意到丁蛮有多么肮脏和粗野。丁蛮惹毛的是我。我说道:

"你要是不喜欢这样,不想叫我揍你,你就不要胡来,小哥们儿。"乔奇也开口说话,很是尖酸刻薄,我转脸看去。他道:

"好了。我们别闹了。"

"这都要看丁蛮自己,"我说,狠狠地盯着乔奇,"丁蛮总不能一辈子都过得像个小屁孩。"此时,丁蛮的血流得慢些了。他说道:

"他又不是天生就有权指使人的,凭什么听他命令,随时随地揍我?要我说,去他鬼话,我这就用链条把他的眼珠子给抽出来。"

"慎言。"我说道,尽力让自己冷静,尽管音乐此刻震撼着墙壁和天花板,丁蛮身后那个嗨大了的家伙提高嗓门梦呓着"让闪光靠近一点,超棒最优"。我说:"若汝尚存偷生之念,哦丁蛮啊,请君慎言。"

"慎言个屎,"丁蛮冷笑道,"慎你个大鸡巴屎。你没资格,像刚才那么地整。我要和你单挑,用铁链、小刀、剃刀都随便,啥时候都行,不为啥别的,就为你不能胡乱捶咱,咱认定了,不能吃这哑巴亏。"

"那就上刀子单挑,时间你说了算。"我吼道。彼特说:

"得了吧,算了,你们两个家伙,我们是一伙的,是不是?是一伙的就不能窝里斗。看那,那边有几个爱嚼舌头的家伙正在嘲笑咱们呢,把咱们给看扁了。我们可不能让人看了笑话。"

"丁蛮应当知道自己算老几,对不对?"我说。

"等等,"乔奇说,"这是咋回事?我还从来没听说过排座次这么碍事呢。"彼特说:

"我说句公道话,阿历克斯,你不能无缘无故地给老丁蛮那一下。好话只说一遍,我这话说得真心诚意,要是你打的是我,你一定得给个说法,这话我就撂这儿了。"他埋下头去喝奶。

我觉得肚子里直冒火，但还是竭力假装没事，平静地说："凡事总得有个领头的，无规矩不成方圆，对不对？"没人说话，甚至连个点头的都没有。我内心火更大了，但外表看起来更加冷静。"我，一直是当头的，"我说道，"我们都是哥们，可总要有人领头。对不对？对不对？"他们可算是点头了，很勉强。丁蛮将脸上的血迹擦干净了，开口说话的是他。

"对，对，说啥都对。有点累了，真是的，大家都累了，现在啥都别说了。"听到丁蛮这话这么圆滑，我大吃一惊，还有一点点害怕。丁蛮说："各回各家，各找各妈，我们不如回家去吧，好不好？"那两个人大点其头说好好好，这让我更吃惊了。我说道："你知道在嘴上挨了一下究竟是为了啥吗，丁蛮？就是因为音乐，小妞唱歌时要是有人胡闹，我就会发疯，就像今天这事一样。"

"我们还是回家去，睡上一觉吧，"丁蛮说，"好好睡一觉，好好长个子，对不对。"那两个对对对地点着头。我说道：

"我想我们还是回家的好，丁蛮这个建议真是好得很。如果白天我们不能碰头，我的哥们儿哪，那我们说好，明天老时间老地方？"

"哦好啊，"乔奇说，"我觉得时间上安排得过来。"

"我大概要迟到一小会儿，"丁蛮说，"不过明天老地方，差不多是老时间，没问题。"他还在擦着自己的嘴唇瓣子，尽管那儿已经不流血了。

"对了，最好明天别在这儿碰到唱歌的小妞了。"说完之后，他又来了一通丁蛮式的狂笑，满嘴哈哈哈哈哈，丑态百出。看来他已经蠢蛮到不会大动肝火了。

于是我们各走各路。我喝了冰可乐，一路呃呃呃地打着响嗝。我的长柄剃刀就在手边，没准有比利仔的马仔在公寓附近埋伏，也不得不防着其他帮派或者团伙或者好汉们，他们时不时地在这里火并。我和老爹老妈住在市政公寓18A的公寓楼里，就在金斯利大街和威尔逊路中间。我轻轻松松地过了大门，路上只看到一个年纪不大的小伙子，在阴沟里爬，不停地惨叫、哀号，叫人砍得浑身是伤。我还借着路灯看见了一摊摊的血迹，到处都是，哥们儿啊，这就像是签名，说明大家晚上玩得尽兴。在18A大楼边上，我还看见了一条小妞的内裤，哥们儿啊，显然是玩到兴头上，一把给扯掉的。快进去吧。走廊里贴着老派的、漂亮的市政宣传画——身强力壮的小伙子和小妞，一脸的劳工庄严，正正经经地坐在作业台和机器边上，结实的肉体一丝不挂。只是不用想也知道，住在18A的小子们拿起随身的圆珠笔和铅笔，在这些漂亮的画上做了一番修饰和加工，画上阴毛、直挺挺的阳具，还让这些胴体（也就是光身子）的男男女女体面的嘴巴里飘出一团一团的污言秽语。我到了电梯口，不过不用白费力气摁按钮，看电梯能不能用了，今天夜里电梯被砸得够呛，金属门被打变形了，砸门的人真是天生神力。我得爬十层楼。我骂着，喘着，爬上楼梯，心里还有精神，身上已经乏透了。我今天晚上很想听音乐，或许是被奶吧里小妞唱的歌提起了兴致，我想要好好享受一番，再到睡神的关卡面前，请他高抬贵手，签字画押，升起花杆让我进入梦乡。

我用小钥匙打开了10-8号的房门，我们的小家里一片寂静，老头子和老婆子都睡死了，老妈在桌上留了一点点晚餐：几片罐头装的海绵肉，一小片或一小块面包和黄油，一杯冷了的牛奶。哈哈哈，可怜的牛奶，里面没有掺刀子，没有合成丸和漫色。哥们儿啊，如今我还真是不习惯这么干净的牛奶。抱怨归抱怨，我还是吃干喝净了，没想到自己这么饿，我还从食品柜里找到了一块水果派，撕下几大片打牙祭。然后我刷了牙，碰碰牙齿，又用舌条或者说舌头打扫了嘴巴。我回到自己的小屋或者说小窝里，宽衣解带。屋里有床，还有音响，那可是我的命根子，橱里放着我的唱片，墙上贴着各种大小旗帜旌幡，这些都是我十一岁进少管所之后的纪念品。哥们儿哪，只见每面旗子都闪闪发光，绘着名字或数字：什么南四，什么城市科斯科尔蓝色分队，什么甲等男孩。

音响的小喇叭环绕着我的小屋，天花板上有，墙上有，地板上也有，躺在床上听音乐就像是被管弦乐的大网罩住了，绑定了。今天夜里，我首先渴望听听这首新的小提琴协奏曲，作曲的是美国人乔弗雷·普劳图斯，演奏的是奥德修斯·乔里洛斯和梅肯（佐治亚州）爱乐乐团。这张唱片整齐地搁在架子上，我抽出来，放进唱片机，拧开了，等着。

哥们儿啊，就是这样，幸福降临了，幸福，天堂。我赤条条地仰面躺着,枕着双手,脑袋搁在枕头上,眼睛闭上了,嘴巴却美美地张开,听着美妙音乐的甘露。哦,这就是华贵,就是一掷千金。在我的床下,长号声戛然碾轧纯金;在我的脑后,小号吐出三重银焰;在门边,定音鼓声滚过我的五脏六腑,像糖果霹雳一样轰响。哦,这是众圣之圣。须臾之间,有声音如飞鸟破空,仿佛是天堂最稀有的妙弦弹拨,又如银浆乍破,在太空船里激涌,自由翻滚。小提琴独奏声一枝独秀,其余的弦乐则如丝绸之笼,笼罩我的四周。紧接着是长笛和双簧管,好像是用钛金之类制成的蠕虫,一路钻来,直钻入了黏稠厚重的金汁银液太妃糖中。我真是飘飘欲仙啊,我的哥们儿,住在隔壁的老头子和老婆子已经学乖了,不会敲我的墙,不会抱怨他们耳中的所谓噪音。我把他们调教好了,他们会老实吃安眠药的。或许他们知道我会夜里听音乐享受,他们预先就吃了药。我听着,双眼紧闭,眼前是这一项赏心乐事,比吃所有的合成丸大仙或者上帝都更过瘾。男男众生,有老有少,都匍匐在地,大喊开恩,我张嘴大笑,用他们的脸皮擦皮靴。还有小姐,一丝不挂,尖声大叫,靠墙而立,我如铁棒,大力猛插。当这首单乐章的音乐一路上扬,直凌绝顶时,我躺在床上,双眼紧闭,头枕双手,终于石破天惊,大射一通,口中大喊着极乐的啊啊啊啊,美妙的乐曲才光辉灿烂地慢慢收尾。

之后我又听了美妙的莫扎特,是他的《朱庇特交响曲》,换上了一批新面孔来被我践踏和喷射。那之后,我想,走进梦国之前,只需要再听一张唱片了。这次我想听闪亮的、强烈而又坚定的音乐，那就是我收藏的巴赫了，只为了中低弦的《勃兰登堡协奏曲》。享受着和之前截然不同的快乐，我又一次看到了当天夜里我扯碎的纸上写着的书名，那似乎是很久之前，发生在一间名叫"家"的农舍里。书写的是一个发条橙子。如今听着巴赫，我才多少搞清了书名的意思。德国大师棕色的华丽的乐声萦绕不去，我还想着，我愿意更加凶狠地痛打那对夫妻，把他们俩撕成碎片，就在他们的地板上。

4

第二天早上,我八点零分零秒整醒了,哥们儿,筋酸骨软,手脚无力,垂头丧气,浑身发疼,两眼也困得睁不开,我想着,今天就不去学校了,应该在床上多躺一小会儿,也就是一两个钟头,然后起床,穿得体面又舒服,没准还能在浴室里好好刷洗一番,再泡一壶给力的浓茶,弄几片面包,听广播,读报纸,自个儿逍遥快活,吃过午饭后,要是我还有心情,我或许会去那个老"学爱笑傲[1]",去看看那座宝殿又在传授什么没用又荒唐的知识,哥们儿哪。

我听见我的爸爸老爷子咕哝抱怨,脚步噼啪,这就去印染厂上班了,我老妈恭恭敬敬地喊我起床,她现在很小心,因为我已经长得又高又壮了。

"已经过八点了,儿子。你可不能再迟到了啊。"

---

[1] 即学校,原文生造了一个谐音词。

我回道:"我脑瓜子有点疼,你别管,我打算睡一觉,让头疼过去,等我头不疼了,才算是逃学。"我听见她小声叹了口气,说道:

"我把早饭放在炉子上了,儿子。我也得上班去了。"这话没错,现在有条法律,只要你不是孩子,没有怀孕,没有生病,每个人都得去工作。我妈妈在所谓的国营市场工作,市场货架上堆满了罐头汤、豆子之类的鸟玩意。我听见她把盘子哐当一声放在气灶上,穿上鞋子,从门后面取下大衣穿上,又叹了口气:"我走了,儿子。"可我又重回梦乡,美美地打了个盹,我做了一个很怪也很真实的梦,不知为何梦见了我的哥们乔奇。在梦里他突然变得又老又瘦,还很凶,嚷着什么要守纪律,要听命,他手下所有的小伙子们都得严守命令,都得像当兵一样猛甩胳膊,敬老派军礼。我本人也站在队伍里,和其他人一样,大喊着:是长官,不长官。我瞅得很清楚,乔奇的肩章上有金星,看起来像个将军。他叫老丁蛮拿着鞭子进来,丁蛮看起来更老迈和阴郁,他咧嘴大笑,直盯着我,能看见他嘴里缺了好几颗牙齿。这时候我的兄弟乔奇指着我说:"那个家伙衣服上脏兮兮的,满是狗屎。"这话说对了,我一边大叫道:"别打我,求你了,兄弟们。"一边拔腿就跑,我好像是绕着圈跑,丁蛮紧追不舍,咧嘴大笑,鞭子抽得啪啪响,每次我被鞭子猛抽一记,就好像有个刺耳的电铃"铃铃铃"地大吵一通,这铃声同样让我难受。

我马上就醒了,心脏怦怦怦地跳,果然有铃在"哔哔哔"叫,是我家的门铃。我假装没人在家,可哔哔哔声依然没停,我听见有人在门外大喊:"得了吧,我知道你还没起床。"我立刻就听出来这人是谁,是P. R. 德妥[1](这名字也实在蠢透了),此人被派做我的社会监管顾问,这家伙不堪重负,本子上有几百个少年记录在案。我喊着行行,一副不情愿的腔调,下了床,更衣,哥们儿,我这身长袍轻如游丝,上面画满了各大城市的美景。我把脚丫塞进舒服的羊毛拖鞋里,好好梳了一番我的青丝,这才去招呼P. R. 德妥。我开了门,他跌跌撞撞地进来,看起来累坏了,头上戴着一顶蹩脚帽子,雨衣也脏得很。他说道:"啊,小子阿历克斯,我遇见你妈了,她说你哪儿犯疼。所以就没去学校,没错。"

"头疼得令人难以忍受,哥们,先生,"我彬彬有礼如是说,"我想到下午就该无恙了。"

"不如说到晚上就必好,对吧,"P. R. 德妥说道,"晚上过得真是好逍遥,是不是,小子阿历克斯?你坐下。坐下,坐下。"他说道,似乎这是他的房子,我才是客人。他坐在我爸那把老掉牙的摇椅上,摇了起来,好像他来就是为了这事。我说道:"要不要来杯黄汤,先生?哦不对,茶。"

"没那工夫,"他皱着眉头,飞过来一瞥,看起来慢条斯理,"没那工夫,没错。"他说着,傻傻的。我放下了茶壶,说道:

"您大驾光临让我蓬荜生辉,我是否做事有不妥之处,先生?"

---

[1] 德妥(deltoid),意为三角形的。

"不妥?"他马上回应,很是滑头,似乎准备将我一举拿下,却依然在椅子上摇摆。此刻他又盯上了桌子上杂志里的一幅广告——一个漂亮的年轻小妞笑着,大波汹涌,哥们儿,这广告宣传的是美妙的南斯拉夫海岸。他用目光几下就生吞活剥了这小妞,开口对我说:

"你怎么会想到有什么事情不妥?你是不是做了出格的事情,是不?"

"随口一说而已,先生。"我说。

"那行,"P. R. 德妥说,"我也就对你随口一说,你给我小心点,小阿历克斯,你清楚得很,下次就不是少管所的事了。下次你可就得上法庭了,我的心血也就白费了。你即便不为悲催的自己考虑,也至少考虑下我吧,我可在你身上费了不少力气呢。我老实告诉你,每次有人最后没有被感召,我都会被狠狠地记一笔黑账;每次你们有人进去吃牢饭,我们都得做检讨。"

"我并未做出格的事情,先生,"我说,"条子可不会来抓我,哥们,哦不对,先生。"

"少来这套鬼话,"P. R. 德妥说,他累坏了,可还在摇摆着,"你清楚得很,警察没找出你来,不等于你就没做过坏事。昨天夜里有人狠狠打了一架,是不是?刀子啦,自行车链条之类的,都派上了用场。有个胖小子,他的伙计们后来从发电厂附近给抬上了救护车,送去医院了,浑身都被刀划得很惨,没错。他们提到了你的名字。这事照程序也通知了我，还有你的几个朋友，也上了榜。昨天夜里，这类混账勾当可做得不少。哦，照例没人作证，没人告你。可我得警告你，小阿历克斯，因为我是你常年的好朋友，或许在这个让人伤心的混账的社区里，只有我一个人想拦着你作践自己了。"

"承蒙美意，"我说，"真心诚意的。"

"说得倒好听，"他冷笑道，"等着瞧好了，我就说到这儿。别以为我们都蒙在鼓里，小阿历克斯。"然后，他话里似乎满含沉痛，却依然摇个不停："你们到底中了什么邪？我们研究过这个问题，我们都研究了他妈的快一个世纪了，可不，可我们就是弄不明白。你有一个不错的家，好心的慈爱的父母，你的脑子也没进水。你是不是鬼迷了心窍？"

"没有鬼迷我的心窍，先生，"我说，"条子有好些日子没碰过我了。"

"我担心的就是这个，"P. R. 德妥说，"日子太久了，就会出鬼。我估摸，你的报应就要到了。这就是我要警告你的，小阿历克斯，把你那漂亮的爪子收拾干净，别拖泥带水的，我说明白了没有？"

"明白得就如同清纯的湖水，"我说，"明白得就像盛夏的碧空。你放心吧，先生。"我笑得满嘴白牙。

他出门的时候，我正泡着一壶很酽的茶，P. R. 德妥和他的伙计们所担心的事，我一笑置之。好吧，我干坏事，也就是偷偷抢抢，拳打脚踢,剃刀劈砍,还有男女抽插之类的老把戏。如果我被逮起来,那对我真是糟透了,哦我的小哥们啊,要是每个家伙都像我一样夜里出动,这国家也没法玩转。所以,我要是被逮住了,就会在这儿关三个月,那里关六个月,然后,就像 P. R. 德妥大发善心告诫我的那样,我将没办法享受暑期少管所的慷慨优待,而是会被丢进那个不食人间烟火的铁笼子里去。我得说:"各位老爷,这虽是我罪有应得,但你们休想如愿,因为我就是受不了被关起来,也不会听凭命运伸出它洁白如雪、洁白如茉莉花的爪子把我抓了去,所以,我下定决心,要是刀子没有要了我的命,要是我没有在高速公路上撞得车体全毁,玻璃横飞,让自己血洒当场,我就得努力让自己不会再次落网。"这话说得在理,不过,哥们儿啊,他们挖空心思,恨得啃脚指甲,也想不出来邪恶的原因是什么,这倒让我这个好小伙大笑了一番。既然他们没有去研究善良的原因为何,那为什么要研究善良的反面呢?如果大家都善良,那是因为他们喜欢善良,我决不会去打搅他们的乐趣,反之亦然。我不过是在守护善良的反面。而且,邪恶意味着自我,意味着自足,意味着你我的傲然孤立,人的自我本是上帝老儿的天然造物,是上帝的大骄傲,大快乐。可"非人"就无法容忍邪恶,因为,也就是说,政府、法院和学校受不了邪恶,因为他们无法容忍"自我"。哥们儿,我们的现代史,不就是一部勇敢的个人以自我对抗这些巨大机构的故事吗?这一点,我是和你说真的,哥们。我做事,是因为我自己乐意。

此刻，在这个快活的冬日早晨，我喝下了这杯酽黄汤，里头加了牛奶，还加了一茶匙又一茶匙又一茶匙的糖，我就喜欢吃糖。我从炉子里掏出我可怜的老妈给我准备的早餐。只有一个煎鸡蛋，别无他物，可我做了面包，准备了鸡蛋，面包和果酱，一边大嚼，一边看杂志。和往常一样，杂志上尽是些打砸抢烧，银行大劫，工人罢工，还有球员们威胁不加薪就在周六的比赛中罢赛，吓得每个人呆若木鸡，他们可真是些捣蛋小子。杂志上还说如今太空游更多了，也有更大屏的立体声电视，积攒汤罐头标签，就能免费换肥皂片，这个大酬宾只在本周有效，这让我看得直乐。还有个聪明绝顶的家伙写了老长一篇文章，谈的是当代青年（也就是我，于是我长鞠一躬，仰天冷笑），我仔细拜读了这篇高论，哥们儿，一边啜着我的黄汤，一杯一盅接一盏，大嚼蘸了酱糊糊和蛋疙瘩的黑吐司面包。这个聪明的家伙也是老生常谈，说当代青年缺乏父母之命，他原话是这么说的——也没有真正得力的老师，能挥拳打得小畜生们现出自己纯洁的本来面目，不敢为非作歹，只会嗷嗷嗷地喊救命。看到还有人日夜不停地编造新闻，这真让人开心，哥们儿啊，每天大家都要探讨当代青年的问题，杂志上就此登过的最好的一篇文章出自一个老掉牙的神父之手。这个戴着狗项圈一般牧师硬领的家伙说，他经过了深思熟虑，作为一名上帝老儿的神父，摸着良心说话，这都是因为**魔鬼已经出笼了**，四下潜行，钻进年轻人无邪的身体里，这都怪成年人，因为成年人都忙于打仗，扔炸弹，瞎胡闹。这话说得太对了。作为一个教士，他可真是深明大义。要怪也不能怪我们这些无邪的小伙子们，对头对头对头。

我填饱了无邪的肚肠，连着呃呃地打了几个嗝，从衣橱里拿出白天的行头，还打开了收音机。电台里放着音乐，很美妙的弦乐四重奏，哥们儿啊，演奏的是克劳迪乌斯·博德曼，我对他很熟悉。我没忍住咧嘴一笑，因为我想到曾经读过一篇关于当代青年的这类狗屁文章，文章里说，如果能培养当代青年对艺术欣赏的兴趣，他们就会老实。文章里说，伟大的音乐和伟大的诗歌，能让当代青年平静下来，接受度化。来度化我有毒的老二吧！音乐反而会让我更加起劲，哦哥们儿啊，让我觉得自己就成了上帝老儿，打算和圣诞老人的两头驯鹿多娜和闪电打一炮，让男男女女在我哈哈哈的威力下惨叫。我胡乱洗了脸和手，穿好了衣服（我白天的行头像是校服：老式的蓝裤子，毛衣上还有个Ａ字，代表阿历克斯）。我想现在至少有空去一下唱片店（还要走一下唱片刻录店，我兜里装满了票子），看看我预订了很久，也等了很久的立体声贝多芬《第九交响曲》（也就是《合唱交响曲》）的唱片，演奏是Ｌ. 穆海威尔所指导的大马士革管弦乐团，录制的是"神韵"公司。我就出门去了，哥们儿。

白天和夜里大不相同，在夜里，我和我的伙计们，还有其他所有年轻人都能为所欲为，老夯货和老婆娘都会躲在门后头，一个劲地看世界转播。但白天是老东西的天下，而且警察啦，条子啦也总是白天更多。我在街角上了汽车，一路到了市中心，又下车走回到泰勒广场，我钟爱的、光顾了无数次的唱片店就在那，哥们儿。店名傻乎乎地叫作"旋律"，但地方真心不错，而且大部分时候，新唱片上架得极快。我进了店，顾客只有两个年轻的小姐，正舔着冰棍（注意，这可是大冬天），乱翻着新到的流行音乐唱片——什么《灰烬乔尼》《秘藏克洛》《混音师》《与埃德以及伊德·莫洛托夫静卧片刻》之类的垃圾。这两个小姐肯定不超过十岁，看起来她们和我一样，决定今天早上不去"学爱笑傲"。你看，她们已经把自己当成大姑娘了，胸脯垫高了，嘴唇瓣子涂得血红。各位看官，一看见我，她们还扭起屁股。我走到柜台那去，彬彬有礼地露齿而笑，和柜台里面的老安迪（这家伙也很客气，很能干，是个大好人，就是秃顶，而且瘦成了一把骨头）打招呼。他说：

"啊哈，我知道您最想要的，我诚知之。好消息，好消息。东西已经到了。"他挥着乐队指挥一样的大手，打着拍子，去找唱片。那两个年轻的小姐开始咯咯地发笑，毕竟年纪还小。我抛去一个冷眼。安迪飞快地回来了，手里挥动着《第九交响曲》亮白色的大封套，哥们儿，封套上那个紧皱眉头，仿佛惨遭打击，甚至遭了雷劈的面孔，正是路德维希·范他本人。"给你，"安迪说，"我们要不要试放一下？"可我宁愿回家去，在我的音响上放，独自欣赏，我就这么小气。我摸出票子来付钱，有一个小姐说道：

"淘了什么宝，大哥？这么大只，还是单品？"小姐们有自己的行话,"是十七天堂?卢克·斯特恩?还是古果里·果戈理?"两个小姐都笑了,摇胸摆臀的。我突然心生一计,狂喜和痛楚几乎让我绝倒,哦哥们儿啊,让我背气了快十秒钟。我回过神来,笑着,露出刚刷过的满嘴白牙,我说:

"小妹妹们,你们在家里拿什么播放这些呜哇乱颤的唱片?"我刚看见她俩买了那些小屁孩听的流行垃圾,"我打赌,你们只有小的,甚至是微型的可怜便携唱机,活像是野餐盒。"她们一听这话,就撇起嘴唇。"到叔叔那去吧,听点正宗的,听听天使小号和魔鬼长号,请赏光。"我还鞠了一躬,她们又咯咯地笑,其中一个说:

"哦,可是人家很饿哦。还有,人家可是吃货哦。"

另一个说:"耶,说得赞,挺你。"

于是我说:"和叔叔一块儿吃吧,你们定地方。"

她们果真将自己看作大家闺秀,真叫人可怜,她们装出贵妇人的嗓音,大谈利兹酒店、布里斯托尔、希尔顿和意式玉米餐厅,我打断她们说:"跟叔叔来。"就把她们领到了街角的意大利面馆,让年轻无邪的小姐们埋头大吃意大利面、奶酥点心、香蕉船和热巧克力酱,直到我一看到食物就反胃。我也吃了午餐,但只是随便来了点冷火腿片,还有辣得人哀号的一团辣椒。这两个小姐看起来模样很相似,却不是姐妹。她们一样聪明,或者说,一样缺心眼,头发颜色也一样——染成的麦秆黄。好吧,她俩今天会真正长大的。因为今天我可要大玩特玩。午饭后不用上学,但教育必不可少,老师是阿历克斯。她们说自己叫玛蒂和索尼埃塔，名字很傻，但按孩子们的眼光时髦极了。我又开口道：

"好了好了，玛蒂和索尼埃塔。该去听唱片了，来吧。"我们走到寒冷的街道上，她们俩却不想坐公交，不嘛，人家要坐公交，我给了她俩面子，但内心冷笑不已。我从市中心附近的车行里叫了一辆出租。司机是个胡子拉碴的老东西，衣服邋遢得很，他说：

"不许胡乱撕扯，不要瞎折腾座椅。椅垫子是新换的。"我劝他别瞎操心。我们一路狂奔到市政公寓大楼18A，这两个莽撞的小姐一路咯咯地笑，咬着耳朵。闲话少说，我们立刻就到了，哥们儿啊，我带头爬到了10-8，她俩一路喘着粗气，发疯地大笑。接着她们就喊口渴，于是我打开了卧室里的百宝箱，给这两个十岁的年轻小姐各斟了一杯真正地道的苏格兰威士忌，又掺满了让人直打喷嚏的"针尖"苏打水。她们坐在我的床上（还没有铺床叠被），晃着腿，哈哈大笑，从高脚杯里大口喝酒，我则用自己的音响播放她们那些可笑的小唱片。这活像是用漂亮、可爱、昂贵的金杯来盛孩子爱喝的香甜饮料。可她们噢噢噢地欢呼着，高喊着"炸裂""燥起来"之类的怪话，这是在孩子们中最火的。我一边播放这堆垃圾，一边劝她们干了这杯，再来一杯，她们也来者不拒，哥们儿啊。最后，她们那些可笑的流行音乐唱片都播放了两遍。(有两张唱片，分别是艾克·雅德所唱的《甜鼻子》以及《夜以继日继夜》，两个没卵子的太监哼哼唧唧，名字我也忘记了。）她俩兴致高涨，小姐就爱这样歇斯底里，在我的床上蹦跳，我还在屋里和她们在一块。

那天下午究竟发生了什么，哥们儿，又何须多言，你们猜也猜得出来。两个小姐脱得精光，哈哈狂笑，真让人恨不得马上大干一场。她们兴高采烈地看着阿历克斯大叔赤条条地站着，那话儿挺得活像锅把，像个光屁股大夫一样抽了满满一管的发春野猫精，在自己胳膊上来了一针。我将心爱的《第九交响曲》唱片从封套里取出来，把路德维希·范也赤条条地放上唱机，又把唱针"嘶嘶"地放到乐曲最后的部分，乐曲高歌猛进，正在此时，贝斯的拨弦声响起，如同从我床下升起，对着其他管弦乐发号施令，男人的歌喉又加入进来，命令众声欢腾，可爱的旋律唱着欢乐如同天堂灿烂的火花，我又感到老虎在我体内猛扑，于是猛地扑倒了两个小姐。这下她俩就不觉得好玩了，她们不再大喊大叫，尖声大笑，而是不得不屈从于亚历山大"大棒"奇特古怪的欲望。有了《第九交响曲》和野猫精的助力，这一次真是玩得又痛快又精彩，用尽了我浑身解数。哥们儿啊，不过小姐们早已烂醉如泥，没法尽情享受了。

《第九交响曲》的最终乐章已经是第二遍循环播放，金鼓齐鸣，乐曲高奏着欢乐、欢乐、欢乐，这两个小姐也不再装成千金小姐了，她们如梦初醒地看到自己小小的身体被弄惨了，就说她们要回家，还说我就是个畜生。好像她们刚经过一番肉搏，不过也的确如此，她俩浑身都是瘀青，一脸懊恼。不过，她们既然不去学校，也总得有人给她们上课吧。她们可是好好上了一课。她们穿上衣服时还不停地呻吟,嗷嗷地喊疼,小粉拳猛捶我,我躺在床上,脏兮兮,赤条条,激情已过,累得脱力。小索尼埃塔高喊着:"畜生,混蛋牲口。臭变态。"我让她们拿上东西滚蛋,她们滚蛋了,还说什么条子真该把我抓起来之类的废话。她们下楼时,我又倒在床上睡着了,耳边欢乐、欢乐、欢乐的金鼓齐鸣声渐渐远去。

5

要说起来,那一天我睡过了头(看我的表,都快七点半了),事后证明,这事做得不聪明。你看,在这个该死的世界上,事事都得留心,要懂得,世事总是一波未平,一波又起。音响也不再播放《欢乐颂》或者《我拥抱你们几百万次》了,有人把音响关掉了,不是老爹就是老娘,他俩在起居室里的动静,我听得清清楚楚,盘子铛铛地响,唏嘘的喝茶声,一个在工厂里忙,一个在店里忙,他们俩辛苦了一整天,正在没精打采地吃晚餐。可怜的老人家,可悲的老东西。我穿上外衣,向外看去,扮出可爱的独生子的模样,我说道:

"嗨嗨嗨,休息了一天果然好多了。我打算去上夜班挣点小钱了。"他俩曾说过他们以为我这段日子都在上夜班。"好香好香,妈妈,有没有我的份?"她就拿了片冻比萨之类的东西,解冻,加热后给了我,看起来并不怎么好吃,可我必须得那么说。老爸看我的眼神有些不快、疑惑,却什么都没说,我知道他不敢开口。老妈则冲我疲惫地微微一笑,就像在说,我的独子啊,我的心头肉。我蹦跳着去了浴室,飞快地从头到脚洗刷了一遍,直到身上不再脏兮兮黏糊糊了,才回窝去穿上夜间的行头。我梳了头,刷了牙,迷人又帅气,我坐下来吃我那块馅饼。老头子说:

"不是我多管闲事,儿子,你夜里究竟在上什么班?"

我边嚼边说:"哦,都是些小事,给人打下手,胡乱忙,看情况而定。"我还恶狠狠地瞪了他一眼,意思是你少管闲事,我自己有数。"我从来没问你要过钱,是不是?没要过钱去买衣服,或者去找乐子,是不是?那你还瞎问?"

我老爸一下子屄了,咕咕哝哝,磕磕绊绊:"对不住,儿子,我就是有时候会操心。有时候还会做梦,你想笑话我也行,可我真的做过好多关于你的噩梦。昨天晚上我还梦见你了,这梦让我担心坏了。"

"哦?"这倒让我觉得有些兴头了,梦到我了。我隐约记得我也做了个梦,但记不清楚了。"梦见啥了?"我说,也不再大嚼我那黏糊糊的馅饼了。

"梦里和真的一样,"我老爸说,"我看见你倒在街上,是被别的孩子揍了。揍你的孩子就是上次送你去少管所以前,你老和他们一起玩的那一群。"

"哦?"我心头暗笑,老头子相信我真的浪子回头了,要不他就是在自欺欺人。我记起了我自己的梦境,是今天早上做的梦,梦见乔奇当了将军发号施令,老丁蛮满嘴没牙,哈哈大笑,挥着鞭子。不过有人说梦都是反的。"哦,父亲大人,请勿牵挂您的独子和接班人,请勿忧虑,鄙人行事自有方寸,此言不虚。"

"梦里面你浑身是血,没人过问,也没力气还手。"老爸还在说。这就错得离谱了,我心中又轻轻冷笑,从兜里将所有的票子掏出来,抛在漂亮的桌布上。我说:"你看,老爸,也没多少钱。这是我昨天晚上挣的。你和老妈拿去,找个雅致的去处,喝点威士忌吧。"

"谢谢了,儿子,"他说,"不过我们最近不怎么出去,不敢出去闲逛,街上还是很不太平。有年轻的太保之类的,不过我们心领了,我明天给她买一瓶回来。"然后他一把抓起这些不干净的黑钱,放进了自个儿的裤兜。老妈则在厨房里洗碗。我满面笑容地出了门。

我沿着台阶走到公寓楼底层,不禁大吃一惊,何止是吃惊,应当说我惊得大张嘴巴,目瞪口呆才对。他们居然来找我了。他们等在那幅惨遭无数涂鸦覆盖的市政宣传画前,画上那赤裸裸的劳工庄严,光屁股的男男女女坚守着工业的齿轮,正如我说的,还有一大堆铅笔写的污言秽语从他们口中飘出,都是坏小伙子们干的。丁蛮手中拿着一支又大又粗的黑色油彩棒,把我们公寓楼宣传画上的那些污言秽语描得又粗又大,还照例粗声地狂笑——哇嘀嘀。乔奇和彼特跟我打招呼,笑得露出一嘴白牙,此时丁蛮倒也转过身来,大叫道:"他到了,他来了,来得好!"说着还脚尖点地,笨拙地手舞足蹈。

"我们有点担心,"乔奇说,"我们早就到了,一边等,一边在酒吧里喝牛奶掺刀子,但你一直都没来。彼特说,你没准中了什么人的埋伏,我们就过来你家里探探风。不是吗,彼特,是不是?"

"哦,可不是嘛。"彼特说。

"对——不——住——了,"我谨慎地说,"我脑袋瓜疼,就去睡觉了。我下决心要起来,却没醒。不过,大家还是都来了,准备过夜生活吧,是不?"看来我学会了社会监管顾问 P. R. 德妥"是不"这句口头禅了,这可真怪。

"头疼还好吧,"乔奇一脸关切,"看来是脑瓜子用过度了,什么下决心啦,发命令啦。你的头疼是真心好了吗,还是回去躺下更好?"他们都在暗笑。

"慢着,咱们打开天窗说亮话。"我说,"你说的这句话,权且当作风凉话吧,可不是你的派头,我的小朋友啊。或许你们在我的背后说了些悄悄话,拿我寻了开心。既然我是你们的哥们和领头人,我肯定有权知道发什么了什么,呃?丁蛮,你瞪着眼睛傻呵呵地笑,究竟是何用意?"此时丁蛮正大张着嘴,无声地狂笑。乔奇马上反击道:

"得了吧,别再找丁蛮的麻烦了,兄弟。我们要立新规矩,这就是一项。"

"新规矩?"我说,"说给我听听看?看来我睡觉的时候,你们做了好大一篇文章啊,没错。我洗耳恭听。"我叠起双手,舒服地斜倚着楼梯的断栏杆。这是第三层台阶,比我的兄弟们高一头,他们还有脸自称为兄弟呢。

"没别的意思,阿历克斯,"彼特说,"我们就是希望多点民主。什么能做,什么不能做,不能总是你一个人说了算,别误会。"乔奇则说:

"这不是误会不误会的问题。关键是看谁出点子。他出过什么好点子吗?"他恶狠狠地瞪着我,"总是老一套,像昨天夜里那样的小打小闹。我们都不是小孩子了,兄弟们。"

"接着说,"我说,一动不动,"我洗耳恭听。"

"好,既然你这么想听,我也就不客气了。"乔奇说,"我们走街串巷,打家劫舍,出来时每人得的钱少得可怜,一把抓得过来。'肌肉男'酒吧里有一个'英国人威尔'说,不管我们能搞到什么货色,他都能帮我们脱手。要的是闪亮亮的东西,钻石。"他依然冷冷地盯着我,"大把大把的钞票在等着,'英国人威尔'就是这么说的。"

"哦,"我外表毫不在意,心里却火透了,"你是什么时候和'英国人威尔'勾搭说妥的?"

"联系就没断过,"乔奇说,"我总是独来独往的,比方上个主日。这点行动自由我总有吧?是不是?"

我根本就不关心这事,哥们儿啊。"你说得很诱人啊,大把大把大把的票子,钱,有了这些之后,你要做什么呢?你不是已经应有尽有了吗？需要汽车，只消动动手去树上摘。需要大把的票子，易如反掌，不是吗？怎么突然起了念头，想做个一身横肉的资本家了？"

"啊，你有时候想事说话就像个毛孩子。"乔奇说，丁蛮一听这话，也嘀嘀嘀地大笑开了。"今天晚上，"乔奇说，"我们要干一票大的。"

看来梦做得没错，乔奇成了头，发号施令，丁蛮拿着鞭子，就像个没脑子的，咧嘴傻笑的看门狗。但我十分小心，万分小心，我笑着说："好啊，好极了，善于等待的人才能一击制人，我真是教会了你不少东西，小兄弟。现在告诉我你的方案吧，乔奇仔。"

"哦，还是先去奶吧，"乔奇狡猾、老道地冷笑着，"不赖吧？先提提精神，特别是你，我们比你先提过精神了。"

"你真是道出了我的心声，"我大笑道，"我原本也打算提议大家去亲爱的老克洛瓦奶吧呢，好好好。带路吧，小乔奇。"我深鞠一躬，起劲地笑，脑子却转个不停。我们走上街头的那一刹那，我突然发觉，只有无脑货色才会三思而后行，天才都是靠灵光一现，只当天命在我。眼下，来点化我的正是一段美妙的音乐。一辆汽车刚开过去，开着收音机，我只听清楚了一两个小节路德维希·范的音乐（是小提琴协奏曲，最后一个乐章）。我立刻就知道了该如何行事。我抽出我的长柄剃刀割喉挥舞，压低调门说："来吧，乔奇，放马过来。""怎么？"乔奇说道，可他也并不含糊，抽出小刀，刀刃从握把中刷啦一下亮出。我们捉对厮杀起来。老丁蛮说"哦,不,可不行啊,不能这么整",说着就从腰上解下铁链,可彼特牢牢地按住他,说"让他们斗,没关系的"。于是乎,乔奇和鄙人就踩着猫步无声对峙,我们两人对彼此的招数都熟门熟路,单等对方露出破绽,乔奇接二连三地一个突刺,小刀闪亮,却不是鲁莽地猛冲。路边一直有人经过,看到这一切,却毫不关心,街头火并他们已经司空见惯了。此时,我数着"幺、两、仨",高喊一声"呀哈",挺起长柄剃刀直刺,既不刺头,也不戳眼,而是直刺乔奇持刀的手,哥们儿啊,只见他手松了。小刀"当啷"一声掉在冻硬的街沿上。我用剃刀划开了他的手指,他呆呆站着,看看手指见红,滴答落下,在路灯下洇开。"来啊。"我说,主动挑战,因为老丁蛮听了彼特的命令,不打算解开缠腰铁链来参战了。"来啊,丁蛮,你我二人就在这里把恩怨了结,怎么样?"丁蛮大吼着"啊啊啊啊呵",活像一头疯狂的巨兽,解开腰间铁链,手法又快又漂亮,让人心生敬意。此刻,我应当压低身子,如同蛙跳的姿势,好护住头眼,我便如此行事,这让可怜的老丁蛮有些意外,他习惯的是面对面的挥鞭呼哧呼哧狂抽,我不得不说,他给我背上狠狠抽了一记,把我疼得要命,不过疼痛也提醒我,得孤注一掷,一举击倒老丁蛮。于是我挥刀一振,直取他紧绷绷的左腿,划开两英寸裤子,让丁蛮稍微挂了点彩,这让他真的发了疯,他像疯狗般呜哇呜哇呜哇乱叫时,我又祭上了对付乔奇的那招,蓄全力于一击,起,挥,砍,剃刀恰到好处地切入老丁蛮的手腕,他丢下长蛇一样的链子,像毛孩子一样惨叫起来。他还打算把手腕上乱淌的血给吮回去,仰天号叫。血流得他吮不完,甚至喉咙里都发出咕噜声,红瓢子像喷泉一样迸射,很是好看,只不过一会儿就止住了。我说:

"好了,哥几个,现在大家认清形势了吧。是不是,彼特?"

"我什么都没说过,"彼特说,"我一句话都没说过。你看,老丁蛮的血都要流干了。"

"绝对不会,"我说,"人只能死一次,而丁蛮在娘胎里就是个死人。他红艳艳的血很快就会止住的。"这是因为我没割断他的大血管。我还从兜里抽出一条干净的手帕,裹在可怜的、全无生气的丁蛮手上,他依然号叫、呻吟,流血果然如我所说一般止住了,哥们儿啊。如今他们知道谁是老大了,一群雏儿,我想着。

在"纽约公爵"酒吧里,我没一会儿就让这两个伤兵安静下来,给他们点了大杯的白兰地(用的是他们自己的票子,我的都给了我老爸了),还用手帕蘸着水罐里的水,给他们随便擦了擦伤口。我们昨天夜里慷慨招待的老太婆们又在那里,她们喊着"谢谢,小伙们",还有"上帝保佑你们,孩子",喊个没完,尽管我们没有再大发善心。不过彼特说:"你们有何打算,姑娘们?"还给她们买了黑啤和淡啤,似乎他兜里塞满了票子。老太婆们叫嚷得格外欢,"上帝保佑你们,关照你们每一个人,小伙子",以及"我们口风严实着呢,孩子们",还有"从没见过这么好的小伙子啊"。最后我对乔

奇说:

"咱们又和好了,是不是?跟从前一样,该忘记的就忘记,好不?"

"好好好。"乔奇说,只是老丁蛮看起来依然有些昏沉,他甚至说:"我本来能打败那个大混蛋的,就用咱的链子,但有人挡了道。"似乎和他打架的不是我,而是另有别人。我说:"来说说,乔奇仔,你今晚本来有什么计划?"

"哦,"乔奇说,"今晚算了吧,今晚可不行,行行好。"

"你明明是个厉害的狠角色,就和我们大家一样。"我说,"我们又不是小孩子了,是不是,乔奇仔?说吧,你究竟意欲何为?"

"我本来能把他的眼睛给狠抽一顿的。"丁蛮说。老女人们还在念叨:"谢谢,小伙子们。"

"话说,那有个宅子,"乔奇说,"就是门外有两盏灯的。还起了个冒傻气的名字。"

"什么冒傻气的名字?"

"什么庄园,或者庄墅[1],总之是这类的傻名字。只有一个很老的老太婆,还有她养的猫,房子里面全都是贵重的老古董。"

"比如呢?"

"金子、银子之类的珠宝。这是'英国人威尔'透的风。"

---

[1] 原文为Manse,与Mansion(宅第)相似,系作者的文字游戏,译为"庄墅",取"庄园别墅"之意。

"我明白了,"我说,"我完全明白了。"我知道他说的是哪儿——老城,就在维多利亚小区过去。真正的老大知道何时应当给下面人甜头,表现大方。"很好,乔奇仔,"我说,"好想法,值得一干,我们立刻出发。"我们出门时,老太婆们还在说:"我们不会走风一个字的,小伙子们。我们可没见你们出门,孩子们。"我也说:"好样的老姑娘们。我们出去十分钟,好给你们买更多的东西。"于是,我带着我的三个伙计,走向我的宿命。

6

"纽约公爵"向东走，一过去就是办公大楼，再过去就是又老又旧的图书馆，接着就是高大的公寓楼，因为鬼知道的哪次胜利而被起名叫作"维多利亚小区"，然后就到了那一片老房子，被称作老城，里头有一些顶呱呱的古宅，哥们儿，里头住着老东西，要不就是干瘦的、大嗓门的上校，挂着拐杖，要不就是老太婆，有些是老寡妇，有些是养猫的老姑娘，哥们儿，她们贞洁地活了一辈子，没让男人碰一个指头。在这里，的确能找到些老物件，能在旅游市场上卖出好价钱——比如古画、珠宝和其他早于塑料垃圾的老物件。我们小心安静地走到这个叫作庄墅的宅子，门外的铁灯台上亮着球形的灯，似乎一左一右地守着大门，屋里面，一层的一间屋子里也亮着小灯。我们躲到路上的阴暗角落里，窥视里面的人在干什么。窗户上有铁栏杆，就像是监狱，但我们能把里面的情形看得清清楚楚。

63 　　里面有一个老太婆,银白头发薄嘴唇,先把牛奶从瓶子里倒进盘子里,再把盘子都放在地板上。你能看出,屋子里有好多喵喵叫的猫公猫婆在打滚撒欢。我们看见了一两只猫,都是又大又肥的畜生,跳到桌子上,咧着嘴巴喵呜喵呜地叫,又看见这个老太婆也和它们说话,似乎是在抱怨它们。我们还看见,墙上挂着许多老画,还有古旧又精巧的钟,还有一些花瓶,艺术品,看起来是古董,很值银子。乔奇耳语道:"这些东西可值一大笔票子呢,兄弟们。'英国人威尔'急等着要。"彼特说:"咋进去?"我得拿个主意,还要快,否则乔奇就要来指挥了。"第一条,我们试试看老一套,走前门。我敲门去说客气话,告诉她我有一个弟兄莫名其妙就昏倒在街上了。要是她开了门,乔奇就来演这个病人。然后我们向她要水,或者请她帮我们打电话给大夫。这就轻松地进门了。"乔奇说:

　　"她可不一定开门。"我说:

　　"我们先试试,行不?"他于是耸耸肩,如同蛤蟆一样撇撇嘴。我对彼特和老丁蛮说:"你们两个伙计埋伏在大门两侧,行不?"他俩直点头说行行行。"来。"我对乔奇说,自己大踏步地径直走向大门。门上有个门铃按钮,我摁了下去,门后面客厅里响起了"哗哗哗,哗哗哗"的铃声,似乎老太婆和她的猫婆们都竖起耳朵,听着"哗哗哗,哗哗哗",举棋不定。于是我更急促地按门铃,然后又俯身在投信口上,彬彬有礼地叫道:"行行好,太太,拜托了。我的

64 朋友刚才莫名其妙晕倒在街上了,请帮我打电话给大夫,拜托了。"

然后，我看见大厅里的灯打开了，之后又听见老太婆穿着一双人字拖，噼里啪啦走到大门跟前，不知为何，我觉得她此刻一定在双臂下各挟着一只大肥猫。这时她喊话了，嗓音低沉得令人吃惊。

"滚开。滚开，不然我就开枪了。"乔奇听见了，直想笑。我拿捏着绅士的调门，又哀伤又焦虑地说：

"哦，行行好吧，太太。我朋友病得很严重。"

"滚开，"她叫道，"我知道你们玩的诡计，骗我开门，又推销我不要的东西。滚开，听见没？"她可真是单纯得可爱。"快滚，"她又开口叫道，"不然我就放猫咬你。"看起来，她实在有点疯了，大概是因为一个人过了一辈子。我四下看，看到大门上方有一扇推拉窗，可以踩着肩膀爬进去，这就方便多了，省得我们整个晚上耗在这里斗嘴皮子。我说：

"既然如此，太太，你不帮忙就算了，我得把病号给抬走。"我递了个眼色，让伙计们都噤声，只有我自己大声说道："来吧，老朋友，我们总会找到大善人的。倒也不能怪这位老夫人多疑，夜里头的恶棍和流氓实在太猖獗了。不，不能怪人家。"我们又藏在黑暗中等待，我小声说："好了。我们回大门那去。我站在丁蛮的肩上，打开窗户翻进去，伙计们。然后我把那个老太太弄哑火，开门让大家都进来。小意思。"之所以这样，是因为我得表现出谁才是头，谁才能出点子。"看见没，大门上面的石雕真是绝妙，正好让我立足。"他们都看了过去，我觉得他们这下真心服气了，在黑暗中点着头，说对对对。

我们又偷偷摸摸地回到大门口。丁蛮是我们几个中的大力士,彼特和乔奇则把我举上他宽阔如成人一般的肩膀上。哦,得多谢冒傻气的电视上的全球直播,再加上晚上没有警察,让人们都得了夜间恐惧症,所以我们做这事的时候,街道上死气沉沉。我站在丁蛮肩上,看到大门上方的石雕足以让我站稳,膝盖一使劲,兄弟啊,我人也就上去了。如我所料,推拉窗关着,可我早已掏出剃刀,用骨质刀柄砸开了窗户玻璃。我下方,兄弟们都在喘着大气观看。我将手探过碎玻璃口,将下半截窗户轻松提起来,丝般润滑,活像滑进浴缸一般轻松,我已经身在屋内。我手下的阿猫阿狗们还仰望着,张着大嘴,哦哥们儿啊。

里面一片漆黑,我跌跌撞撞,不停地撞上床、橱柜、又大又沉的椅子和一堆堆箱子、书籍什么的。可我大步流星,看到门底透过来的一线灯光,就直奔房门而去。门嘎吱嘎吱嘎吱地开了,外面是积满灰尘的走廊,开着许多门。惊人的浪费啊,兄弟们,这么多房间,却只住着一个老女人和她养的猫。不过也许猫公猫婆们有自己的卧室,像国王、皇后们一样大嚼奶油和鱼头。我听见楼下那个老太婆似乎正捂住了嘴在说话:"没错没错没错,就是这样。"她肯定在和那些轻手轻脚,喵呜喵呜叫着要奶吃的猫说话。我看见有楼梯通向一楼大厅,于是暗自思忖,我要让我那帮不讲义气又纯属废物的伙计们看看,我一个人就能顶他们三个人使。我要对那个老太婆玩点"终极暴力",如果有必要,连猫小喵们也不放过。然后我就去抓一大把真正的好货色,跳着华尔兹去打开前门,把真金白银撒向那些翘首等待的伙计们。我怎样当头,必须让他们全知道。

于是我走下去,悠然从容,一路还欣赏楼梯旁那些灰扑扑的古画——长发束高领的女孩,树木和马匹的乡村风光,还有一个满脸胡子的圣人赤条条地挂在十字形的架子上。这栋宅子里有一股熏人的陈腐气,来自猫和猫吃的鱼,这一点与公寓楼大不相同。我走下台阶,看到前厅里亮着灯,老太婆正给猫公猫婆们分牛奶呢。只见这些臃肿不堪的大畜生来来去去,摇着尾巴,在门框上蹭身子。昏暗的大厅里有一张木质的大橱柜,上头有一尊漂亮的小雕塑,熠熠反射着屋内照出的灯光,这雕像如今归我本人了:一个年轻、苗条的小妞,单腿站着,张开双臂,能看出是银质的。我拿着雕像,走进了亮灯的房间,说道:"嗨嗨嗨,终于见面了。刚才和您通过投信口曾有只言片语,容我直言,并未尽兴,是乎?您是否也有同感,心有戚戚,你这个臭老太婆?"这屋里的灯光和老太婆真是晃了我的眼。屋里面全是猫公猫婆,在地毯上钻来钻去,我身下猫毛乱飘,肥猫们千姿百态,黑的、白的、虎斑的、棕黄的、玳瑁色的,有老有小,有打闹的猫仔,有健壮的成年猫,也有脾气古怪、淌着口水的老猫。猫的女主人,那个老太婆,像个男人一样恶狠狠盯着我说:

"你是怎么进来的?滚远一点,你这可恶的小癞蛤蟆,别逼我出手打你。"

我对此开怀大笑,看到她青筋暴露的手中拿着一根不值钱的木手杖,恶狠狠地扬起来对准我。我笑得露出满嘴白牙,又走近了一些,从容不迫。此时我看见在餐柜上有一个可爱的小物件,可爱至极。任何喜欢音乐的孩子,比如我本人,都渴望能有幸亲见到此物。这就是路德维希·范他老人家的头和肩膀,叫作胸像,像是石质的,有石头的长发,无光的双眸,飘逸的大领结。我径直走过去,说着:"好啊,这么漂亮,归我了。"我此时满眼都是胸像,贪婪地伸出了双手,却没有看见地上的牛奶碟,踩上去一个,打了个趔趄。"我靠。"我说,想要站稳。可那个老太婆已经非常阴险地来到我身后,敏捷得不像个老人。她挥舞手杖,在我头上噼啪地猛敲,直打得我膝盖和手着地,站也站不起来,她还喊着:"贫民窟的混账小臭虫,还敢闯进体面人家来。"我不喜欢这个噼啪挨敲的把戏,于是等手杖落下来时,猛抓住其一端,她也失去了平衡,想要扶住桌子。可她把桌布扯下来了,使得牛奶罐和牛奶瓶摇摇晃晃,白花花的牛奶四下乱泼。她也栽倒在地上直哼哼,口中还念叨着:"该死的,小毛孩,你会遭报应的。"猫也受了惊,又跑又跳,活像发了猫神经病,有些还厮打起来,挥舞着猫拳猛拍,"啪啊啊啊""嘎啊啊啊啊""喀啦啊啊啊"地大叫。我终于站起了身,那个肮脏、阴险的老鳟鱼,撑手支腰,哼哼唧唧,打算从地上爬起身来,于是我抬脚给她脸上来了一记好踹,她吃疼不轻,大叫"哇啊啊啊"。那张青筋暴露、点点斑斑的老脸上,吃了一脚的地方立刻青紫起来。

四下都是猫小咪在混战尖叫,我踢完一脚收回的时候估计踩上了一只猫尾巴,只听见一声"嗷呜呜呜呜呜"的惨叫,但见一团毛扑来,尖齿利爪已经抓紧了我的腿,我边骂边退,打算将猫从腿上甩下去,一手拿着小小的银雕像,又想爬过老太婆身边,去拿那个可爱的、眉头皱成一块铁蛋的路德维希·范雕像。此时我又踩上一个盛满滑溜溜牛奶的碟子,差一点就是一个大马趴,此刻的场面的确非常滑稽,只可惜当事人不是别人,正是可怜的我本人。此时那个老太婆爬过那些挠抓的猫咪,一把抓住我的脚,还在"哇啊啊啊"地叫着,我本来就没站稳,此时更是四仰八叉,砸得牛奶横飞,老猫乱抓,那个老鳟鱼又挥拳打我的脑袋,我们两个都躺在地上尖叫、混战,她还给猫下命令:"打他,捶他,把他的指甲盖给扯掉,这个有毒的小爬虫。"好像是听命一般,有一群猫婆跳到我身上来,疯了一样乱抓。我也急了眼,哥们儿,挥拳乱打,但这个老妖婆说:"癞蛤蟆,别碰我的猫咪。"说着就上来抓我的脸。我也怒吼道:"肮脏的老货。"举起那个小银雕像,给她脑门上狠狠来了一下,这一下总算砸得她乖乖闭嘴了。

我终于从地上爬了起来,摆脱了鬼叫鬼闹的猫公猫婆,此刻,我听到远方警车的警笛声大作。我这才明白过来,这位猫奶奶当时是在打电话报警,我却只当她在教训猫咪,我摁门铃假装求助那会儿,她就已经疑心得厉害了。耳听可怕的警笛声,我立刻向大门狂奔,三下五除二地解开门上的锁、链条、插销之类的安全措施。好不容易打开了门,却只有老丁蛮守在台阶上,我看见那两个所谓的兄弟已经逃了。"咱们快走,"我对丁蛮大喊,"条子来了。"丁蛮说:"不如你留下来陪他们,哈哈哈哈。"我看见他已经链条在手,挥动起来,蛇一样呼哧呼哧地响,巧妙地、熟练地抽我,正中我的眼皮,幸好我眼睛闭得快。这一下打得我惨叫不已,我忍着剧痛,只见眼前一片模糊。丁蛮说:"咱可不喜欢你那套,老伙计。你老是那么对咱,这不对,兄弟。"我听见他脚踩那双又大又笨的靴子,哈哈哈大笑,咣当咣当地跑进黑夜里没影了。大约只过了七秒钟,我就听见警车停下,刺耳可怕的警笛声渐渐落下去,活像发疯的畜生正在咽气。我也在号叫,跌跌撞撞,把脑袋向墙上猛磕,我紧闭着眼睛,泪流如河,疼得要命。我还在走廊里摸爬的时候,警察就来了,没错,我看不见他们,但我听得见动静,还闻得到这些发臭的混蛋就在旁边。没多久,我感到他们开始动粗了,将我反剪双臂,押了出去,还听见有一个警察说话,他似乎是站在那间我刚被押出来、猫咪成灾的屋子里。他说:"她被踢得很重,但还没断气。"这会儿工夫,猫叫声不绝于耳。

"真是太荣幸了,"我被大力推搡着,塞进车里的时候,听见一个警察说,"小阿历克斯落到我们手里了。"我大叫道:

"那是因为我看不见,老天爷会收拾你,弄死你的,狗杂种。"

"粗俗,粗俗。"有个声音笑着说,接下来有个戴戒指的家伙用手背在我嘴上狠狠抽了一巴掌。我说：

"遭天杀的，你们这些臭狗东西。还有几个家伙你们怎么不抓？那些出卖朋友的混蛋去哪儿了？有一个天杀的狗屁兄弟抽中了我的眼睛。得把他们抓起来，别让他们跑了。这都是他们教唆的，兄弟们，他们逼我干的。我是无辜的，遭天杀的。"可这些家伙都是铁石心肠，他们对我所说的话哈哈大笑，将我推到车子的后面。我不停地大骂那些所谓的兄弟，只不过我发现这毫无用处，他们肯定都已经回到了"纽约公爵"酒吧，给那些嗓子眼通大海的老姑娘们猛灌黑啤酒、淡啤酒和双份苏格兰威士忌，老姑娘们就会说："谢谢，小伙子们，上帝保佑，孩子们。你们一直都没离开过，小伙子。一分钟都没离开过，我看着呢。"

我们的车子鸣着警笛，一路向警察局开，我被卡在两个警察中间，这些狂笑着的混蛋时不时东一拳西一脚地敲打我。这时，我的眼睛已经可以稍微睁开一条小缝，泪流不止，只看到模糊的街景飞逝而去，路灯似乎在跑接力赛。双眼虽然还疼，但我能看见后座上夹着我坐的两个大笑不止的警察，看到前面细脖子的司机，还有副驾驶座上粗脖子的混蛋，这家伙话中含刺地对我说："好啊，小仔子阿历克斯，我们都等不及要共度一个愉快的夜晚了，是不是？"

我说："你是怎么知道我名字的，你这臭屁的狗屎？死老天爷罚你下地狱吧，你就是个臭混蛋，没错。"他们全都哈哈大笑，后座一个臭条子猛拧我的耳朵。那个粗脖子，坐副驾驶的家伙说："是人就知道小阿历克斯和他的团伙。我们的阿历克斯如今可是个人物了。"

"都是别人干的,"我大叫,"是乔奇、丁蛮和彼特。他们不是我的哥们儿,是混蛋。"

"行了,"粗脖子说,"晚上你有的是时间慢慢说故事,说说看这些年轻的公子哥儿是如何胆大包天,又如何把我们可怜的、无辜的小阿历克斯引入歧途的。"此刻,另一个类似警笛的声音从我们身旁交错而过。

"是去抓那些混蛋了吗?"我说,"他们被你们这些恶棍抓到了吗?"

"那是救护车,"粗脖子说,"肯定是要去接那个遭你毒手的老太太,你这个杀千刀的混蛋流氓。"

"都是他们干的,"我大喊道,眼睛疼得直眨巴,"那些混蛋正在'纽约公爵'酒吧灌酒呢。去把他们都抓了,干你的,你这臭混蛋。"他们哈哈大笑,又狠狠打了我一记,哥们儿啊,正中我疼痛的小嘴。我们到了臭烘烘的警局,他们又踢又拽,把我弄下了车,推上台阶,我心里清楚,从这些臭狗屎身上,根本就得不到好果子吃。天杀的。

7

他们把我拖进一间灯光刺眼、四面白墙的办公室,这里臭气熏天,混着呕吐味、下水道味、酸啤酒味和消毒水味,都是从旁边的牢房里飘过来的。还能听见有犯人在号子里骂娘、唱歌,我隐约觉得,还有个人在唱这首歌:

我要回去找我那亲爱的,我那亲爱的。
就等你啊,我亲爱的,走得远远的。

可是有个警察命令他们都闭嘴,甚至能听到有人遭到暴捶后嗷嗷嗷嗷的惨叫声,这声音听起来像个喝醉的老太婆,不像个男人。办公室里除了我还有四个警察,都在牛饮,桌子上有一个大茶壶,四个人各拿着脏兮兮的大茶杯,一个劲地喝茶吐沫。他们没给我茶水喝,哥们儿啊,他们倒是给了我一面又破又旧的镜子,让我瞅瞅。现如今本人已经不再年轻貌美,模样很是瘆人,嘴肿得老高,眼睛血红,鼻子也撞歪了。他们看我如此沮丧,又是一通震天的狂笑,有个家伙还说:"最恨年少轻狂时[1],可不。"然后有个当官的进来,肩膀上有星星,给我显摆他的官位高又高,他看了一眼我,说"嗯",这就开始审讯了。我说:

"我一个字眼都不会吐,得先等我的律师到场。我懂法,狗崽子们。"果然,他们又是一番开怀大笑,那个扛着星的警察头子说:

"没错没错,孩子们,我们得先让他知道我们也懂法,可是懂法也不是万能的。"他的声音很文雅,说话却有气无力。他对着一个块头很大很肥的混蛋亲热地笑笑,点了点头。这个大块头混蛋脱掉他那身皮,只见好大一个将军肚。他慢悠悠地走了过来,张嘴露出一个筋疲力尽的淫笑,我都能嗅到他嘴里那股子奶茶骚味。尽管是个警察,这家伙胡子拉碴,胳膊下面都是大块的汗斑,走近之后还发出一股子耳屎哈喇子味。他捏紧了红通通的臭拳头,给我肚子上猛地一拳,真是黑啊,其他警察把嘴都要笑歪了,只有那个当头儿的没大笑,依然挂着那阴森森的、无聊的微笑。这一下打得我倒在白墙上,衣服上沾满了白灰,怎么都上不来气,疼得钻心。我真想把傍晚吃的黏糊糊的馅饼给呕出来,可要让我狂吐一地,这也太丢面子,所以我硬压了下去。此时我看见那个大块头伤疤男

---

[1] 原文为 Love's young nightmare,此为双关语,原文来自秀兰·邓波儿的一首歌,叫作"Love's Young Dream"。此处为讽刺意。

孩转过身去，对着那群条子们仰天大笑，很是自豪。于是我伺机抬起右脚，还没等其他人喊他当心，就狠狠地踢中他的小腿，他大喊杀人了，疼得上蹿下跳。

在这之后，他们轮番上阵，把我当作一个人见人厌的臭球，推来搡去，哥们儿啊，还捶我的卵子，打嘴巴，打肚子，排好队踹我，到最后我不得不呕了满地，活像个疯子一样，我还说道："对不住，兄弟们，一不小心没憋住，对不住对不住。"但他们只不过给了我一点点旧报纸，让我擦干净，又让我用锯末去清理。后来他们又开口了，像是亲爱的老哥们一样，让我坐下来，我们安安静静地聊会儿。此时P. R. 德妥进来瞅了一眼，他的办公室也在这栋楼里，他看起来又脏又累，说道："还是逃不过啊，小仔子阿历克斯，是不？"然后他转身对警察说："晚上好，警督，晚上好，警官，大家晚上好，晚上好。好吧，我的职责就到此为止了，是的。老天爷啊，这孩子真是一团糟，是不是？你看看他那副惨样。"

"就得以暴制暴，"那个当头的硬邦邦地说，"他还想暴力拒捕。"

"到此为止了，就是。"P. R. 德妥又念叨一遍。他冷冰冰地看着我，仿佛我已经变成了一个物件，而不是一个浑身淌血、惨遭暴打的小伙子。"看来我明天又要出庭了。"

"不是我干的，哥们，先生，"我说，我简直要哭出来了，"为我说说好话，先生，我没那么坏。我是遭人陷害的，先生。"

"说得比云雀唱得还好听，"警官头儿冷笑道，"干脆把屋顶也给我吹掉吧，既然这么爱吹。"

"我会说的，"冷冷的P. R. 德妥说，"我明天会出庭的，别担心。"

"如果你有兴趣来一记黑虎掏心，就当我们没看见。"警官头儿说，"我们帮你按住他。他肯定伤透了您的心。"

本来像P. R. 德妥这样的人，本职工作就是把我们这些闹事的坏家伙都给感化成好小伙子，特别是还有条子在场，但此刻他的举动，却让我万万想不到。他逼近我，啐了一口。他啐了我满脸唾沫，才用手背抹抹满是唾沫星子的嘴巴。我用血染的手帕将脸上的唾沫擦了又擦，擦了又擦，我说："谢谢您的美意，先生，谢谢了。"P. R. 德妥一句话没说就出了门。

条子们开始编写一份很长的声明，要我签字。我暗自琢磨，活见鬼，都去他妈的，如果你们这些混蛋都是正义一方的，那我还巴不得做个恶人。"得啦，"我说，"你们这些臭狗屎、恶心的淫棍，我招了，都给我听好。我再也不要肚皮贴地地乱爬，你们这些恶心的畜生。你们想从哪听起呢，混球牲口们？要不就从我上次进管教所说起？好得很，好得很，那就好好听着。"于是我招了，还有个管速记的条子，是个闷不吭声、战战兢兢的家伙，甚至都不是真正的警察，他把我的话记录了一页一页又一页。我说了什么是"极端暴力"，讲了怎么盗窃，怎么打架，那些抽抽插插的把戏，一直说下去，直说到今晚我与那个养猫公猫婆的阔老太婆究竟是怎么回事。那些所谓的哥们,我也大讲特讲,一个也没放过。我总算说完之后,那个速记的警察看起来有些发晕,可怜的老东西。警察头子和气地对他说:

"好了,孩子,你出去吧,好好喝一杯茶,然后捏着鼻子把这些拆烂污的事都打出来,一式三份,拿过来让我们这位帅哥签字,至于你嘛,"他说,"你可以入洞房了,里面有自来水,设施齐全得很,就这样吧。"他疲倦地吩咐两个强壮的条子:"把他带走吧。"

于是我被踢打着,推搡进了牢房,丢进了号子,里面有十个或者十二个犯人,许多人都喝多了。他们中间有人是真正心狠手辣的牲口,有一个鼻子都没了,嘴张得像个黑洞。有一个躺在地上打呼噜,嘴里不断地向外滴着口涎。还有一个裤子上好像沾满了屎,另有两个人大概是基佬,都想对我的身子行不轨,其中一个人还跳到我背上,我不得不和他恶战一场,那家伙浑身恶臭,是甲基安非他命和廉价香水的味,又弄得我想呕,只是我的肚子里早已没东西可以呕了,哥们儿啊。此时另一个基佬也来吃我的豆腐,这两个家伙龇牙咧嘴地打了一架,因为两个人都想和我行鱼水之欢。他们打得太大声,招来了一队警察,挥着警棍将两人一顿痛打,两个人就都老实坐下了,眼望苍穹,其中一个脸上还有红瓤子滴滴答答地往地上掉。牢房里有铺位,但是都被人占了。我爬到一个铺的最上层,这个铺位共有四层,有一个老酒鬼正在顶铺上呼呼大睡,八成是被条子给扔上去的。总之,我又把他给扔了下去,他还不算太

79 重,正砸中地上一个肥胖的醉鬼,两个人都被弄醒了,尖叫着,可悲地厮打着。我就在这臭烘烘的床上躺下了,哥们儿啊,就这么又疲惫,又无力,又疼痛地睡着了。这其实算不得睡觉,倒像是想赶紧摆脱这个世界,到乐土去,哦哥们儿啊,只见一片广阔的田野,四处都生长着花朵和树木,还有一头山羊怪,长着人脸,吹着笛子般的乐器。路德维希·范他老人家如同太阳一般升起,面如雷霆,扎大领结,狂野纷乱的头发,我听到了《第九交响曲》的最后一个乐章,歌词已经有些错乱,似乎唱歌的也知道本就该有点错乱,毕竟这是在梦里呢:

孩子,汝乃喧闹的天堂之鲨

极乐世界的杀戮者

心在燃烧,唤醒,狂喜

我们将抽你的嘴巴,踢

你肮脏的臭屁股

但旋律是正确的,我被叫醒的时候还记得。我睡了两分钟,或者十分钟,或者二十小时,或者几天,或者几年,因为我的表被收走了。叫醒我的条子站在地上,看起来遥不可及,可他用根带尖刺的长杆戳我,说:

"快起来,小子,醒来吧,我的公主。你摊上大事了。"我说:

"什么？谁？在哪？怎么了？"此刻我的梦中正在演奏《第九交响曲》的《欢乐颂》，美妙异常。那条子说：

"下来自己去问。对你这可真是天大的好消息啊，小子。"于是我爬下床铺，四肢僵硬酸疼，半睡半醒。这个浑身都是奶酪洋葱味的条子把我推出了这个鼾声震天的臭牢房，穿过走廊，我此刻脑中依然是一派火树银花，乐声高奏：欢乐，汝荣耀的天堂之火花。我们来到一间整洁的办公室，几张桌子上放着打字机和花朵，主桌后坐着那警察头儿，一脸严肃，冰冷的眸子看着睡眼惺忪的我。我说：

"得得得，出啥事了，兄弟？谁招了，而且是在这美好的大半夜？"他说道：

"我只给你十秒钟，把你那傻笑给我抹了，然后给我仔细听好了。"

"怎么了，"我大笑道，"还觉得不过瘾？你们把我打个半死，让我吐了一地，让我好几个小时一直交代罪行，又把我踢进那么个恶心的牢房里，把我和疯子、臭变态关在一起，这还不够？是不是想出新花样来祸害我了，狗东西？"

"是你自己祸害自己，"他说，非常严肃，"我祈祷上帝，你活该把自己祸害成疯子。"

此时，不用他说，我心中已经了然了。那个爱养猫公猫婆的老太太在医院里驾鹤西去了。我踢得有些太狠了。得了，得了，闯了天大的祸了。我想到，那些猫公猫婆会喵喵叫着要奶吃，却吃不上，那个老朽的猫主人不会再来喂猫了。闯了天大的祸了，这下弄大发了。而我才十五岁呢。

一
二

1

"接下来要干啥,嗯?"

我接着说吧,真正让人伤心落泪、惨不忍言的故事开始了,我的兄弟们啊,我仅有的朋友们,地方是在第84F号国狱(也就是国家监狱)。你肯定不想知道这些糟心的可怕往事,惊闻此事之后,我老爸挥拳猛砸,怒问苍天,弄得双拳青紫出血,我老妈则咧开大嘴,嗷呜呜呜呜、嗷呜呜呜呜、嗷呜呜呜呜地号啕,目睹她的独子,她的心头肉如此不成器,真让当妈的心碎。低级法院那个又老又阴沉的法官把你们的朋友也就是鄙人说得特别不堪,更别提P. R.德妥和条子们更是满口喷粪,对我横加污蔑。天杀的。完事又把我押回去,关在臭变态以及犯人中间。然后又是高院开审,有一堆法官和陪审团,又说了一堆特别特别难听的话,措辞却大义凛然,然后宣判有罪,我妈一听见判了我十四年就呜哇哇地哭了,哥们儿啊。我就这么着进来了,自从被踢打着、镣铐叮咣地进了国狱84F,

已经两年了。我穿的是监狱里正流行的式样,也就是一件套连身囚衣,颜色是恶心的大便色。胸脯上头绣着一个数字,就在心窝窝上头,前胸后背都有,所以来来去去我都是6655321号,再不是你们的小朋友阿历克斯了。

"接下来要干啥,嗯?"

蹲监狱可算不上是管教,完全不是,我已经在这个臭地穴、怪人坑里待了两年,被野蛮又爱欺负人的狱警推来打去,见到的都是臭烘烘、色眯眯的犯人,有些真是大变态,淌着口水,打算把鄙人这样漂亮的小伙子嗑得连渣都不剩。还让我们挤在车间里糊火柴盒,围着院子走了一圈一圈又一圈,全当放风锻炼。晚上有时候还会来几个老学究上课,讲讲甲虫或者银河,或者是雪花的美妙奥秘。这节课上我笑个没完,因为我想到了在那个冬夜,我们如何殴打那个刚从公共图书馆走出来的老东西,如何有辱斯文。那时候我的兄弟们还不是叛徒,我依然快活自由。说到这些兄弟,我只听到了一个消息,那天我老妈老爸来探监,告诉我说乔奇死了。是的,死了,哥们儿。像狗屎一样死在路边。乔奇带着另两个家伙闯进了一个阔佬的房子里,他们又打又踢,把主人打倒在地,乔奇去撕窗帘和坐垫,老丁蛮则砸碎了一些非常珍贵的装饰品,雕像之类的,被打翻的阔佬这下气疯了,操起一根特别沉的铁棒劈头盖脸打过去。他怒火中烧,使出了蛮力,丁蛮和彼特夺路跳窗逃走了,可乔奇被地毯绊倒了,可怕的大铁棒挥下来,正中天灵盖,瓢子喷了一地，叛徒乔奇的下场就是这样。那个老杀人犯以正当防卫的罪名被开脱了，对得很，没毛病。乔奇被干掉了，尽管那是在我被条子逮进监狱一年之后。对得很，没毛病，这都是报应。

"接下来要干啥，嗯？"

我在副楼礼拜堂里，监狱牧师正在大谈上帝的教导。我的工作是放那台老音响，在训话开始前和结束后都要放点庄严的音乐，训话中间唱圣歌的时候也要放。我站在副楼礼拜堂的后面（国狱84F一共有四处副楼礼拜堂），离那些持枪而立的狱警或守卫们很近，他们肮脏、野蛮的大下巴刮得趣青。我还能看见所有犯人都坐着，聆听上帝的纶音，身穿可怕的大便色囚服，一股恶臭气升腾而起，这不是因为他们没洗澡，也不是身上脏，而是一种特殊的臭味，只有犯人身上有，哥们儿啊，一股子土腥、油腻、充满绝望的臭气。我想，恐怕我也免不了有这臭味，年轻归年轻，我自己已经成了货真价实的犯人了。所以，哥们儿啊，我得尽快脱离这个发臭、恶心的铁笼子。如果你接着看下去就会知道，我的梦想很快就成真了。

"接下来要干啥，嗯？"这话监狱牧师已经问了三次了。"是不是就像这样，进宫出宫，进宫出宫，而且你们之间大多数人进宫容易出宫难。你们能不能听听上帝的话，意识到对于死不悔改的罪人，死后也要遭罪受罚，就和此生一样？你们都是一群该死的白痴，就没几个好种，会为了一碗残羹剩饭就把天赋的权利拿去卖人。小偷小摸，施暴，想要不劳而获，很刺激——但是值得吗？要

87 知道我们手里有铁证,没错,没错,无可辩驳的铁证表明,地狱真实存在。我知道,我知道,我的朋友们,我在幻境中明明白白地看见了,那个地方比任何监狱都更黑暗,比任何人世间的火焰都更灼人,那些不肯悔改的罪人灵魂,就像你们——别对我翻白眼,该死的,不许笑——就像你们,在无尽的、无法容忍的痛苦中尖叫,他们的鼻腔里充斥着恶臭,他们的嘴里塞满了燃烧的粪土,他们的皮肤片片剥落、腐朽,他们尖叫的口中旋转着火球。是的,是的,是的,我知道。"

正在此时,哥们儿,有一个犯人,在后排什么地方发出一阵弹嘴皮子的音乐——"噗噜噜噜"——野蛮的狱警们立刻出动,大步奔向他们认准的发声地点,横冲直撞,左踢右打。他们找出一个可怜的、浑身发抖的犯人,那人骨瘦如柴,又老又干巴,他们把他扯了出来。他一直在尖叫:"不是我,是他,你看呀!"可这完全没用。他被臭揍了一顿,尖叫得撕心裂肺,然后被拖出了副楼礼拜堂。

"好啦,倾听上帝的纶音吧。"监狱牧师说。他抬起那本大书,翻过许多页,还不停吧唧吧唧地舔手指,用湿指头翻书。他是个身材庞大、孔武有力的混蛋,面如重枣。但他很喜欢我,因为我年轻,而且对那部大书很有兴趣。监狱甚至因此安排了我的深造,包括好好研读这本书,而且在读书时还可以用礼拜堂的音响来放音乐,哦哥们儿啊。这真是太妙了。他们既然把我关进礼拜堂,让我听J. S. 巴赫和G. F. 亨德尔的圣乐,我就从书中读这些古代的犹太佬如何互相残杀，大口痛饮希伯来酒，与老婆的侍女上床，妙极了。这书让我读得放不下，哥们儿，但我对这书后半部分了悟得不深，大多是讲经布道，没有打打杀杀、男女抽插的戏码。有一天，牧师伸出结实的大手紧紧夹住我，他对我说："啊，6655321号，多想想基督受难吧。深思一下，我的孩子。"他身上一直有一股浓浓的、男人特有的威士忌味道，说完这话，他就去办公室接着灌老酒。于是我将这一部分通读一遍，什么挨鞭子啦，戴着荆冠啦，上十字架这类垃圾，我明白，这里头其实大有文章。音响放着美妙的巴赫，我闭上眼睛，想象钉十字架的场面，我要不就在帮忙打杂，要不亲自上阵，推推搡搡，亲手砸钉子，我穿着罩袍，那是当年罗马最流行的。你看，在国狱84F里也没那么糟糕，典狱长很高兴听到我已经皈依了宗教，这就是我的希望所在。

星期天早上，牧师大声读着书里的话，他大谈要是有人听到了福音，却全当放屁，那就像是在沙上建大楼。一旦大雨哗哗地下，天上打起雷，大楼就会完蛋。可我想，只有大傻瓜才会在沙上盖房子，而且这个傻瓜身边又聚了一堆单等着看笑话的朋友和坏心眼的邻居，没人告诉他，在沙上盖房子有多蠢。此时牧师大喝道："好了，大家伙。我们唱完《囚犯赞美诗集》里第435号赞美诗就完事了。"只听见一阵骚动，东摇西撞是囚犯们拿书，啪嗒一声是书本落地，吸溜吸溜吸溜是舔手指，翻那本脏兮兮的小赞美诗集，恶狠狠的守卫们尖声大吼："不许说话，混蛋。我看着你呢，920537号。"

当然,此时,我的唱片已经放上了音响,让管风琴的简单旋律热情地响起来,咕噜呜呜呜呜喔呜呜呜喔呜呜,犯人们开始歌唱,声音瘆人:

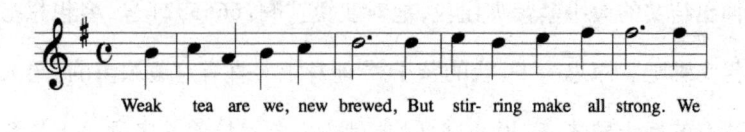

> Weak tea are we, new brewed, But stir-ring make all strong. We eat no an-gel's food, Our times of trial are long.

　　我等乃是淡茶水,刚泡上,
　　　　轻轻搅拌浓又香。
　　天使的美餐吃不上,
　　　　审判的日子没指望。

他们鬼哭狼号,如泣如诉地唱着这些傻帽歌词,牧师还在责骂催促:"大声一点,该死的,唱起来。"狱警也大吼着:"你等着瞧,7749222。""吃我一警棍,混球。"总算唱完了,牧师说:"祈祷圣三位一体永远保佑你们,让你们变成好人,阿门。"他们磨磨蹭蹭地出门,此时的音乐是好听的《第二协奏曲》,作曲的是阿德良·施伟格赛博,这也是鄙人挑选的,哥们儿啊。真是乌泱泱一大群,我想,站在老掉牙的教堂音响边上,看着他们拖着脚向外蹭,活像牲口一样,"晦晦""叭叭"地哼哼,还对我伸出脏兮兮的手指,表示"滚你娘的管风琴"，因为我看起来很得宠。最后一个犯人也蹭出了门，双手活像猩猩那样垂着，一个看守在他后脑勺上响亮地打了一记，这时我才关掉音响。牧师朝我走过来，吞云吐雾，还穿着教士服，这衣服上处处蕾丝，洁白无邪，仿佛是小姑娘的衣服。他说："又得谢谢你了，小6655321号。今天你给我带来了什么新消息？"其实，就我所知，这位牧师有心在监狱宗教界里成为一位伟大的圣人，因此需要典狱长对他大加推荐，所以他时不时会偷偷去给典狱长打小报告，报告犯人中又在酝酿什么黑暗的阴谋，好些这类狗屁情报都是从我这儿得到的。许多情报是我瞎编的，可有些也确有其事，比如说有一次，有人把水管子敲得叮咚叮当叮个咚，告诉我们监室，大个子哈里曼打算越狱，他会在撒尿时间打倒看守，穿上看守的衣服逃出去。还有一次，由于食堂里吃得太糟，大家准备一齐将饭菜乱丢，我知道后汇报了。牧师又把这消息向上报告，典狱长夸奖他热心，耳目灵光。于是这次我也说了，不过是假消息：

"先生，水管子上有人递消息，说是有一批可卡因走黑道进来了，第五层有一个监室负责出货。"我一边走，一边胡乱编，许多故事都是这么编出来的，可是监狱牧师却很感激，说道："好啊，好啊，好。我直接向上级反映。"他就是这么称呼典狱长的。于是我说："先生，我可谓是尽心尽力，是不是？"我对领导们总是用这种非常礼貌的体面口吻："一直很积极，对吗？"

"我觉得，"监狱牧师说，"总体而言你的确如此，6655321。你给了我不少协助,我认为你有诚心悔过。如果坚持下去,你肯定会得到减刑。"

"不过,先生,"我说,"大家都在谈论的新玩意是怎么回事?说是有一种什么新疗法,能让你立即出狱,而且能保证你永不再犯?"

"哦,"他很小心翼翼地说,"你是从哪听到风声的?谁告诉你的?"

"大家都在传,先生,"我说,"没准有两个狱警说过,自然隔墙有耳;也没准有人在车间里捡到一张烂报纸片,上面写了这事。请容我斗胆提个建议,您把我也安排接受新疗法如何?"

只见他埋头沉思,吞云吐雾,正在犹豫关于我说的这件事,他该给我透多少风。然后他开口道,依然十分谨慎:"我觉得,你说的是路多维可疗法。"

"名字我不知道,先生,"我说,"我只知道这能让人迅速出狱,而且不会再犯事。"

"那就是了,"他说,居高临下看着我,眉毛拧成了疙瘩,"肯定是了,6655321,没错的,不过此刻还处在试验阶段。疗法很简单,但是很粗暴。"

"但是已经使用过了,是不是,先生?"我说,"南墙边那些白色的新房子就是派这个用场的,先生。我们看到了有人在盖房子,先生,我们放风的时候看到的。"

"还没有使用过呢,"他说,"本狱没用过,6655321。上级对此很担心。老实说,我也同他一样担心。关键是这个疗法能不能真的让人改恶从善。善良是来自内心的,6655321,善良是要人去抉择的。当你无法选择,你也就不再为人了。"他还打算大谈特谈这些屁话,可我们已经听见下一批犯人镣铐咣当地沿着铁扶梯走上来接受宗教教诲。他说:"这件事我们回头再说。现在你还是做好义工吧。"于是我走到老音响边上,放上了J. S. 巴赫的《醒来吧》合唱序曲,这些肮脏的臭混蛋犯人和变态蹒跚着进来了,就像是一群病猴,狱警和条子对他们狂吠、责骂,此时监狱牧师也发出了责问:"接下来要干啥,嗯?"这一套,你们刚才就看过了。

早上一共上了四次囚犯宗教课,但牧师再也没和我提起过那什么鬼"路多维可疗法",哦哥们儿啊。我做完放音乐的活计之后,他简单地说了几句客气话,我就被带回了第六层的牢房,这小窝里臭气熏天,人满为患。狱警人还不算坏,他开门让我进去时没有踢打我,只是说:"到地方了,小子,回你的小酒馆吧。"我就被关在这群新伙计中间,都是重犯,不过得感谢老天爷,里面没有变态色情狂。铺上躺着的是佐发,又瘦又黄,破锣嗓子说个没完没了,也没人有闲心去听他在说什么。现在他对着空气絮叨着,"那时候你还喝不上一杯朗姆"(鬼知道那是什么东西,哥们),"你可没说要转手一千万高炮,你叫我怎么办啊,我就去了土耳其人那儿,我说第二天我手头就有这雏儿了,你看,他也没办法呀"。他满嘴都是过去黑帮说的黑话。牢房里还有"墙子",是个独眼龙,正在扯脚指甲，算是过星期天了。还有"肥犹太"，一身肥肉，汗津津地平躺在铺位上挺尸。此外还有裘乔恩以及"大夫"，裘乔恩小气，机灵，瘦溜筋道，是强奸行家。"大夫"假装会治梅毒、性病以及后淋，可他只给病人注射白水，他还曾经打包票能帮两个小姐解除珠胎暗结之苦，结果却把人家给医死了。这些人都可谓是极品人渣，我也受够了和他们在一块儿，你懂的，不过这种日子快要到头了。

我得说给你听，这种牢房初建的时候，原本只让住三个人，可如今住了我们六个，全都挤在一起，浑身流汗，动弹不得。如今所有的监狱里，所有的牢房都是这副德性，兄弟，叫人没地方舒服地伸胳膊动腿，这可真是又脏又臭，没脸见人。下面的事，说出来你都不信，就在这个星期天，他们又撂进来一个家伙。是啊，当时我们刚吃完狗屁饺子，喝完臭汤，躺在各自的铺上安静地抽烟，这家伙就被扔进来了。他是个啰嗦的老东西，我们都还没搞清状况，他倒开始捶胸顿足了，他拍打着铁栏杆，号道："我要求行使狗日的人权，这家牢房已经满员了，这他妈就是迫害，一点没错。"一个狱警走了回来，对他说，他只能凑合着过了，看看有没有人愿意和他睡一张铺，否则他只有打地铺。"还有啊，"那个狱警说，"别指望有好转，只会更糟糕。你们不是想活在一个随意犯罪的世界里吗？这里最适合了。"

2

说起来，正是因为关进来这个新家伙，才让我能脱离国狱，这人是个聒噪的讨厌鬼，满脑子乌七八糟的东西，他进来的当天就惹出了事。他爱瞎吹，看我们大家都是满脸嘲讽，嗓门又大又傲慢。他大吹牛皮，说他是监狱里唯一一个真正凶狠的犯人，还说他做过这，干过那，一拳打死过十个条子之类的屁话。没人认真听，哥们儿啊。然后他就来找我的茬，说我是号子里最年轻的，他的意思是，既然是最年轻的，就该我睡在地上，而不是他。但号子里其他人都向着我，喊道："你别欺负他，臭混蛋。"他就又开始呼天抢地，说他爹不亲娘不爱。到了夜里，我被惊醒了，这才发现这个鸟人居然躺在我的身边，我的床铺在三层铺位的最底层，本来就很窄，他还嘀咕着下流的情话，在我身上东摸西摸摸摸。我真是发毛了，一爪挥出，夜里我看不太清楚，因为只有牢房外头楼梯口上亮着一盏小红灯。但我知道就是他，这个臭流氓，回头等事情闹大，灯光大亮的时候,我这才看清他的丑态,我那一爪打得他满嘴流血。

之后,号子里的狱友们都被吵醒,也来拳打脚踢,在黑暗中动静大了些,整层楼都被我们的动静惊醒了,犯人们狂叫着,抢起锡水杯猛敲墙壁,估计所有监室里的所有犯人都以为有人正在搞集体大越狱,哦哥们儿啊。于是灯光大亮,狱警们衣衫笔挺,戴着大盖帽,挥着大棍赶来了。我们看看彼此,都是面孔通红,大拳头打得直颤,尖叫、骂娘声此起彼伏。我报告了事情经过,哥们儿啊,但每个条子却都说是鄙人挑事,没说的,因为我身上毫发未伤,但那个鸟人挨了我一爪,嘴里直淌红瓤子。我炸毛了,我说我今晚上没法睡觉了,监狱当局居然坐视这个恶心的、臭烘烘的、熏死人的变态犯人跳到我身上来,我当时睡得正香,连还手之力都没有。"到早上再说,"狱警说,"你还指望给你安排单间,有浴室,有电视,好让你老人家舒心不成?好了,不管啥事都等到早上再说。至于眼下,小伙计,赶紧把你该死的脑袋瓜子搁回稻草枕头上去,别再给人惹麻烦了。好吧好吧好吧?"他们严正警告了所有人,拍屁股走人了,然后灯又熄灭了,我说我就这么坐上一夜,我对那个鸟囚犯说:"滚去睡吧,想睡我的铺你就去吧,我也不想要了,叫你的臭身子躺过了,那床现在脏得像屎。"其他人可不依不饶。"肥犹太"刚才在黑暗里打出的一身汗还没消,他说:

"这么地咱可不依,兄剃[1],不能把铺让给这个臭劈小子。"

---

[1] 和下文"臭劈""枣麻烦"等均是在模拟原文中的讹误或特殊口音,应为"兄弟""臭屁""找麻烦",不一一列举。

新来的家伙说："把你的茅坑闭上，犹太猪。"这意思就是闭嘴，但说得太难听。于是"肥犹太"准备发威了。"大夫"说：

"先生们算了吧，我们不打算找麻烦，是不是？"他斯斯文文地说。但那个新来的家伙偏要自找麻烦。你看，那家伙自以为天下无敌，现在却和六个人关在一间牢房里，要不是我高姿态，他还得睡地板，这让他觉得没面子。他还在冷笑着，打算打败"大夫"，他说：

"哟喂，恁想枣麻烦，是不是，高射尿泡？"

于是，小气、机灵、瘦溜筋道的袭乔恩说："既然不让我们睡，那就来上课。我们的新朋友得好好上一课。"尽管他是强奸达人，说话却很有一套，又轻又狠，那个新来的嗤之以鼻："哇啦哇啦哇，你可吓死我了。"然后我们就真动手了，奇怪的是，大家都打得很安静，闷不吭声。新来的开始还惨叫了几声，但"墙子"给他嘴上打了一拳，"肥犹太"则把他架起来，顶着铁栏杆，这样大家都能借着楼道里的小红灯看准了下手，新来的只能哦哦地哀叫。他本来就不算强壮，还手也没有力气，我猜，他是因为没底气，才故意提高嗓门，大吹牛皮。眼见红灯下红瓢子乱淌，我浑身都觉得技痒难耐，于是我说：

"把他交给我，看我露一手，哥们儿。"于是"肥犹太"说：

"嚎，嚎，兄剃，公平得很。皱他，阿历克尸。"他们都站开了，我则在黑暗中猛揍这个犯人。我把他上下捶了个遍，靴子没有系鞋

带就痛快地猛踢,一个扫堂腿,他咔嚓猛摔在地,我又在他脑门上猛踢一脚,他噢噢噢噢噢地叫着,哼哼着就背过气了。"大夫"说:

"好了,我觉得这一课上得不错,"他斜眼看看那个倒在地上、惨遭痛打的家伙,"让他自个儿做梦,梦见自己投了个好胎吧。"我们又都爬回自己的铺上,累得不轻。我也做梦了,哦哥们儿,我梦见在某个很大的交响乐团中,人山人海,指挥有几分像路德维希·范,有几分像G. F.亨德尔,看起来又聋又瞎,十分厌世,我在管乐器组里,可我吹的是一根雪白粉红的肉巴松管,它是从我的肉里长出来的,就在我肚皮正中央,我一吹,就会哈哈哈哈地傻笑,因为痒得很,路德维希亨德尔气得发疯。他走到我面前,对着我的耳朵眼大吼大叫,我就吓醒了,浑身冒汗。自然,大吼大叫的是监狱的警铃,"哔哔哔哔,哔哔哔哔,哔哔哔哔"。这是冬天的上午,我的眼睛里糊满了眼屎,好不容易睁开眼,却被电灯刺得生疼。此刻监狱里已经是灯火通明。我向下瞅,看到那个新来的犯人还躺在地板上,浑身是污血和青紫块,依然在昏迷迷迷……我记起来昨天晚上的事,不禁微微一笑。

可当我下了床,赤脚蹬他时,才感觉他已经冰凉发硬。于是我爬上"大夫"的铺把他摇醒。他早上总是赖床,可这次十分麻利,其他人也闻风而动,只有"墙子"还睡得活像一头死猪。"太糟糕了,心脏病发作,我诊断的准没错。""大夫"看看大家,说道,"你们真不该对他如此大打出手。这真是太失策了。"

裘乔恩说:"得了得了,'大夫',说到黑拳打他,你也不比人差。""肥犹太"转向我说:"阿历克斯,你太冲瞪了。坠后一脚实在是太很了[1]。"我恼火起来,说道:

"是谁先动手的,嗯?我最后才开打的,难道不是?"我指着裘乔恩说:"是你出的主意。""墙子"的呼噜声更响了,我说:"把那个臭混蛋叫醒,把死鬼顶到栏杆上的是'肥犹太',猛揍死鬼嘴巴的就是他了。""大夫"说:

"诚然,我们都对他打了一拳两脚,不如说这是为了给他点教训。然而正是你,我的孩子,身强体壮,不妨说更有些年少无知,才给了他追命一击,实在是太惨了。"

"叛徒,"我说,"叛徒,撒谎。"可以预料,旧戏要重演了,两年前我所谓的伙计们正是这样把我撇下,使我落入了条子的毒手。哦哥们儿,叫我说,这就是个不讲义气的世界。裘乔恩叫醒了"墙子","墙子"一转脸就发誓,是鄙人玩命下的毒手。狱警来了,然后是狱警头子,然后是典狱长本人,号子里所有人都吵吵嚷嚷,添油加醋,说我如何干掉了这个可怜的变态,如今这家伙的尸体血肉模糊,麻袋一样躺在地上。

那一天怪得很,哥们儿。死尸被抬走了,整座监狱里所有犯人都被锁在牢房里候命,也没有发饭菜,连杯热黄汤都没有。我们都

---

[1] 同第96页注释1。

坐着，狱警或者说看守上下踱步，只要听见号子里有人叽喳，就大喝一声"噤声"或者"把鸟嘴闭上"。直到上午十一点，才能感觉到一股让人浑身发冷又激动的气场正从号子外逼近，就像是恐怖的气息。然后就看见典狱长、狱警头子和几个貌似是要人的大高个儿从外面匆匆走过，激烈地讨论着什么。我们听见，他们一直走到这一层的尽头，然后又走回来，但这回步伐慢多了。能听见典狱长说话，他是一个爱出汗的金发胖子，他似乎在说"不过，先生——""那么，我们能做什么，先生？"这类的话。这一大群人走到我们牢房门前站定，狱警头子打开了门。一眼就能看出这里面谁才是真正的老大，他很高，蓝眼睛，穿着真正名贵的衣服，我从没见过这么考究的衣服，哥们儿，绝对是十分时髦。他的目光似乎穿透了我们这些可怜的犯人，开口说话，声音动听，地道的上等人："过时的刑罚理论已经让政府不堪其累，你们将犯人挤在一处关押，结果如何呢？犯罪行为反倒更彰显其恶劣，他们尚受惩罚，又犯新罪。不久之后，我们可能还会征用所有的公共监狱用来关押政治犯。"我完全没听明白，不过反正他也不是在对我说话。他又说："对普通犯人，像这样乌合之众的"——（这就是在说我，哥们儿，还有其他人呢，他们可是些真正的罪犯，而且还是叛徒）——"采用纯矫正式方法最为适宜。这将消灭其犯罪本能，毕其功于一役。一年之内会全面推广。惩罚对他们并无效果，这很明显。他们享受这所谓的刑罚，甚至自相残杀。"他冷酷的蓝眼珠子转到我

身上,于是我大胆开口说道:

"恕我冒昧,先生,我强烈反对您刚才的话。我并非普通犯人,也不是乌合之众。其他犯人或许是,可我不是。"狱警头子脸都吓紫了,大喊道:

"把你的臭嘴闭上,赶紧的,你知不知道在和谁说话?"

"没怪你,没关系。"那个大个子说,他转向典狱长说道:"你可以拿他开刀试试。他年轻,莽撞,凶狠。布罗德斯基明天会来着手处理他,你只消坐下来看布罗德斯基是怎么做的。这方法很有效果,你不用担心。这个恶狠狠的小流氓会被改造得面目一新。"

这些恶狠狠的话,哥们儿,没想到倒是我重获自由的开始。

3

当天晚上,那些爱打人的混账狱警和和气气地把我带去见典狱长,地点是在他至高无上的圣殿——办公室。典狱长满脸疲倦地看着我说:"我想,你大概不知道今天上午那人是谁吧,是不是,6655321?"还没等我说对,他又接着说,"他就是内政部长阁下本人,新任的,所谓新官上任三把火。好吧,这个古怪的新想法终于还是要实施了,军令如山。尽管我可以负责任地说,我本人是不同意。我坚决不同意。我说就该以眼还眼,如果有人打你,你就要还手,不是吗?既然你们这些混蛋流氓给国家造成了严重损害,国家为什么就不能一报还一报呢?但现在的新思路不这么看。新思路是将恶扭转为善。我认为这太宽大为怀了,嗯?"

我想表现得又恭敬又放松,于是我说:

"先生。"那个满面通红,魁梧有力的狱警头子此刻立正站在典狱长身后,他大吼道:

"把你的臭嘴闭上，人渣。"

"好了，好了，"筋疲力尽的典狱长说，"你，6655321，将接受改造。明天你去找那个布罗德斯基。他们认为，两周多几天的时间，你就能出狱了。是啊，只要两周多几天，你就能重回广阔而自由的天地，不再是监狱里的一个号码了，"他哼了一声，"想到这，你开心了吧？"我一言不发，于是狱警头子又吼道：

"回答问题，肮脏的小猪猡，典狱长在问你问题。"于是我说：

"哦，可不是，先生，非常感谢您，先生。我一直在努力，很上进的。对所有关心我的人，我深表感谢。"

"免了吧，"典狱长轻叹道，"这又不是奖励。不算受罚就是好的了。现在过来在这个表格上签字。表格上声明，你愿意将剩余的刑期减免，来进行这个，这名字真滑稽，这个'浪子回头'计划。你愿意签字吗？"

"十分乐意签字，"我说，"先生，万分感谢。"于是他给了我一支水笔，我漂亮又潇洒地签上了大名。典狱长说：

"好了。事情办妥了。"狱警头子说：

"监狱牧师还要和他说几句话，先生。"于是我被带了出去，一路走过走廊，直到副楼礼拜堂，有一个警察一路都在打我的背，敲我的头，但他没精打采，毫无兴致。我被押着穿过副楼礼拜堂，来到牧师的小办公室门前，他让我进去。牧师坐在桌子后，一股子强烈刺鼻的男人特有的气味，来自昂贵的香烟和威士忌。他说：

"啊，小6655321，快坐。"又对狱警说："在外面等。"他们出去了，他非常诚心地对我说："有件事，我希望你理解，孩子，眼下这事和我毫无关系。如果这事不过是临时起意，我会反对的，可这不是临时起意。事关我的工作，面对着国家机构中要人的极力鼓吹，我的微弱声音更无法与之对抗。你听明白了吗？"我没听明白，哥们儿，可我点头表示听懂了。"这是艰难的道德选择啊，"他继续说，"你会被改造成一个好孩子，6655321，你将永远都不会有暴力犯罪的欲望，也永远不会有任何危及社会安定的举动。我希望你已经明白。我希望你真的心领神会了。"我说：

"哦，能当个善人多好啊，先生。"可我在内心真是大笑不止，哥们儿。他说：

"当个善人不一定是件好事，小6655321啊。有时候甚至是可怕的。我和你说这话，自己也知道这听起来完全是自相矛盾。这件事，必定会让我夜夜难眠。上帝希望的是什么？上帝是喜欢善，还是希望人们自己选择善？如果人被迫为善，是不是选择恶反倒更好一些？这问题真是艰难深奥啊，小6655321。此刻，我只想对你说一句话：如果今后你回望这个时刻，记起了我，记起了上帝这个最低贱、最卑微的仆人，我祈祷，你千万不要在心中记恨我的坏处，千万不要以为我和你即将发生的遭遇有任何瓜葛。说到祈祷，我沉痛地发现，我不知应如何为你祈祷。你即将穿越边界，前往祈祷也鞭长莫及的地方。一念及此，我就感到恐怖，恐怖啊！不过，或许可以说,当一个人被剥夺了选择善恶的权利,或许就等于实际上选择了善。我只能这样从好处想了,好吧,愿上帝拯救我们大家,6655321,我只能这样想了。"他哭起来。可我毫不在意,兄弟们,只在心中暗暗冷笑了片刻,看得出来,他刚才一直在喝威士忌,现在又从橱柜里拿出一瓶,放在桌上,在一只油腻肮脏的杯子里倒酒,满满地倒了一大杯。他一口干掉,说道:"或许一切都会好的,谁知道呢?上帝的意旨是玄妙莫测的。"然后,他开始大唱圣歌,高亢洪亮。门开了,狱警进来,把我推回臭烘烘的号子,老牧师则依旧在大唱圣歌。

第二天早上,我就和老国狱说拜拜了,我甚至觉得有一些伤悲,要离开一个你已经有些熟悉的地方,总是会有些伤悲的,不过也就是一点点而已,哥们儿啊。我被一路踢打着来到那栋新盖的白色建筑里,就在我们放风的院子旁边。这房子是全新的,有一股子崭新、寒冷的胶漆味,让你打寒战。我站在空无一物的巨大会堂里,竖起我非常灵光的两窟窿眼或者说鼻子猛嗅,还真嗅到了一些新气味。很像是医院里的味儿,从狱警手上接收我的家伙也穿着白大褂,像是个医生。他签字接收了我,带我来的一个混蛋狱警说:"您可得小心这个家伙,先生。别看他猛拍监狱牧师的马屁,还爱读《圣经》,但他始终是个彻头彻尾的恶棍流氓,改不了的。"但刚认识的此人有一双漂亮的蓝色眼睛,说起话来仿佛带着笑。他说:

"哦,我们不会有麻烦的,我们会成为朋友的,是不是?"他眼里含笑,笑得满嘴白牙直晃人眼。我几乎立刻就喜欢上了这家伙。总之,他把我交给另一个穿着白大褂的下级,这个家伙人也很好,带着我去了一间非常漂亮洁白干净的卧室,有窗帘和床头灯,卧室里也仅有一张床。这都是为鄙人准备的。我真是心花怒放,觉得自个儿真是个幸运的小伙子。我奉命脱掉了可怕的囚服,换上了一套漂亮的睡衣,哥们儿啊,全套都是纯绿色,是睡衣中最时髦的。他们还给了我一套漂亮又暖和的长衣,一双可爱的拖鞋,让我不用赤脚乱走。我想:"好啊,阿历克斯小子,你之前还只是小6655321号呢,你可算是逃掉了,运气好又没出纰漏,你肯定会喜欢这里的。"

之后,他们给了我一盅真正上好的咖啡,还给了我旧报纸和杂志,让我喝咖啡时解闷,第一个穿白大褂的进来了,就是他签字接收了我,他说:"啊,你在这儿呢。"这是句废话,但听起来感觉不错,这家伙真是个大好人。"我的名字是布莱诺姆大夫,"他说,"我是布罗德斯基大夫的助手。我要给你做一套例行的快速全身体检,你没问题吧。"他从右边兜里掏出听诊器,"就是要确保你身体状况健康,有必要的,对吧?没错,有必要的。"于是我躺下,脱掉睡衣上装,他就忙这忙那忙了一通,我说:

"这个疗法究竟是怎么回事,大夫,你们打算怎么做?"

"哦,"布莱诺姆先生冰凉的听诊器沿着我的背一路听下去,"很简单,真的,就是给你看电影。"

"电影？"我说,简直无法相信自己的耳朵,哥们儿你懂的。"你是说,"我说,"就像是去电影院看电影？"

"是特殊的电影,"布莱诺姆先生说,"非常特殊的电影。你今天上午就可以开始第一个疗程,对,"他说着直起腰,不再给我体检,"看起来你是个强壮的小伙子。可能有点营养不良,都是监狱里的食物不行。现在把你的睡衣上装穿上吧,"他说着,坐在床边,"以后每次进餐后,我们都给你胳膊上注射一针,估计对你有好处。"我对这个人很好的布莱诺姆大夫真是心存感激。我说:

"是注射维生素吗？大夫？"

"差不多,"他说,哈哈大笑,很亲切的样子,"就是每次吃饭之后在胳膊上打一针。"他出去了,我躺在床上想,这儿真是天堂,我又看了会他们给我的杂志——有《世界体育》,《西尼》(这是本电影杂志),还有《戈尔》。然后我躺回床上,闭上眼睛,美美地想,能回到俗世真是太棒了。阿历克斯如今得找一个轻松又舒服的工作了,他已经超龄,不能回"学爱笑傲"了。或许还能再组织起一个帮派,夜间出动,首先就得找到老丁蛮和彼特,前提是他们还没有被条子抓住。这次我要小心,别被抓到。我会再给他们俩一次机会。我已经犯过谋杀这些大罪,要是再被抓住可就大大不妙,特别是人家现在还大费周章地要给我看电影治疗,要把我改造成一个真正的好人。我哈哈大笑,觉得这些人真是幼稚无知。这时有人托着食盘,给我送来午餐,这更让我兴高采烈。送餐的人是我来时

引我进卧室的家伙,他说:

"看你这么开心,我也为你高兴。"食盘里面的饭菜真让人胃口大开——两三片热腾腾的烤牛肉,配有土豆泥和蔬菜,还有冰激凌以及一盅美味的热黄汤。甚至还有一根烟给我吸,有一根火柴放在火柴盒里,看来这生活还不错,哥们儿啊。半个多小时后,我似睡非睡地躺在床上,一个女护士进来了,一个真正年轻漂亮的小姐,顶着一对漂亮的奶子(我可有两年没见过这宝贝了),她端着一个托盘,上面有一根针管。我说:

"啊,是不是要注射老维生素,呃?"我对她放电,可她视而不见。她只是将针管一下子扎进我的左胳膊,刺溜一声维生素什么的就进去了。然后她走了出去,高跟鞋咔哒咔哒响。那个像男护士一样的白大褂推着轮椅进来了。这让我有点吃惊,我说:

"为何要如此周折,哥们儿?我能走路,不管咱们溜达到哪儿都行。"

"还是我来推你吧。"他说,你还别说,哥们儿,我下床之后感到有点无力。肯定是布莱诺姆大夫所说的营养不良,都怪监狱的狗屎饭菜。饭后注射维生素就会好的,绝对没问题,我就是这么想的。

4

我被推了进去,哥们儿,这儿可一点不像电影院。没错,有一面墙整个铺满了银幕,正对面的墙上有方孔,好让投影仪穿墙投影。屋子里到处都装着音响,但在右手边的墙边,则放置了一大排小仪表,房屋中间,正对着银幕,则有一把类似牙医用的椅子,上头接满了长长短短的线,我得从轮椅上爬到这把椅子上去,还有个穿着白大褂,像是个男护士的家伙过来帮我。我又发现,投影发射孔的下面都是磨砂玻璃,似乎有人影在后面出没,也似乎听到了有人咳嗽得喀喀喀响。那时候我才发现自己何等虚弱无力,我认定这都得怪我吃惯了牢饭,如今却吃了鲜美的饭菜,又注射了维生素。"好了,"推轮椅的家伙说,"我得走了。布罗德斯基大夫一来,节目就开始。希望你喜欢。"说老实话,哥们儿,今天下午我真觉得没心情看什么电影节目。没那情调,我宁愿躺在床上大睡一觉,舒服,安宁,自由自在。现在我浑身没劲。

这时来了一个白大褂,用带子把我的脑袋固定在头托上,他边干活,边自顾自哼着一首狗屁流行歌曲。"这又是为了啥?"我说。那家伙说,这是要固定我的脑袋,好让我看屏幕,说完又开始哼歌。"可是,我本来就想看屏幕不是?我来这里就是看电影的,自然会看啊。"我说道。这会儿,另一个白大褂听了这话就笑了(屋里一共有三个,还有一个是小妞,她坐在仪表盘那儿,心不在焉地摆弄着手柄)。他说:

"这可没准,哦,这可没准。相信我们吧,朋友,还是这样好。"

然后他们竟然又把我的手绑到椅子扶手上,脚则固定在脚凳上。我觉得这真有点疯狂,但还是让他们做完了活。既然两周之后我就成为自由的小伙子了,那现在就得多遭罪,哦哥儿啊。最让我讨厌的,是他们在我额头的头皮上挂夹子,好把我的上眼皮一直向上拽,一直向上向上,让我怎么使劲都闭不上眼睛。我勉强笑了一下说:"你们这么想让我看,这部电影一定好极了。"一个白大褂笑着说:

"可不是好极了吗,朋友,绝对能惊到你。"然后又在我脑门上扣了一顶帽子,我看见帽子上也全通了电线,他们又在我肚皮上、心窝子上各放了一块吸盘,我勉强能瞅见吸盘上头也通了电线。传来了开门声,白大褂们立刻站得笔直,显然是有什么大人物进来了。我这才见到这位布罗德斯基大夫,小个子,很胖,满脑袋都是卷发卷啊卷,短鼻梁上架着一副特别厚的酒瓶底,不过他的衣服很棒，绝对时髦极了，还带着一股子手术室里清新微妙的气味。他身边跟着布莱诺姆大夫，满脸是笑，好像在给我鼓劲。"准备就绪了？"布罗德斯基大夫呼哧呼哧地问，我听见不远处有人说好的好的好的，附近也有人说话，然后传来一阵轻微的嗡嗡声，好像什么东西开机了。灯光灭了，只有你谦卑的主角，你的朋友，独自坐在黑暗中，孤身一人，心惊胆战，动弹不得，连眼睛都不能合上。这时，哥们儿啊，电影节目就开始了，先是音响里传出来吵闹的背景音乐，很尖锐，充满了不和谐音。这之后出来了画面，但是既没有标题也没有制作名单。一条街道显现出来，这样的街道随便哪个镇子都有，夜很黑，亮着路灯。这部电影做得很好，很专业，没有雪花也没有光闪，如果你是藏在偏僻的别人家里偷看这种下流电影，肯定会有雪花光斑的。音乐轰隆隆地一直响，听起来很诡异。有一个老头颤巍巍地走在街上，突然跳出两个小伙子，穿得很时髦，是当时的时尚（依然是紧身裤，但没有大领结了，而是换上了一条货真价实的领带）。小伙子们开始和这个老头胡闹。能听见老头在哀号、呻吟，非常逼真，甚至还能听到这两个打人的小伙子气喘如牛。他们把这个老头打成一摊烂泥，拳头对准他夯夯夯，把他的衣服扯掉，最后在他精光的身体上猛踹一顿了事（老头子血肉模糊地躺在排水沟的臭泥巴里面），然后飞速地跑掉了。影片还给了那个被暴揍的老头一个脸部特写，鲜血流得那叫一个通红。奇怪的是，在现实中的颜色反倒没有在银幕上看到的如此生动。

我从始至终地看着,越来越厉害地感觉到不舒服。我又把这怪罪于我营养不良,肠胃还受不了这里丰盛的饭菜,适应不了维生素。我尽量把这事搁下,打起精神看第二部电影,电影马上就开始了,哥们儿,甚至没个停顿。这次放的是一个年轻的小妞,正惨遭一个家伙硬搞那抽插的把戏,他完事了又来一个,这人完事了又来一个,喇叭里她惨叫得很大声,还配有悲伤沉痛的音乐。这场面太逼真了,太真实了,不过只要你仔细想想,怎么会有人同意在电影里演这么一出,如果电影是善良的人或者国家出面制作的,在拍摄这一幕时,肯定也会看不下去而出手干涉。所以,一定是他们所说的巧妙的剪辑、制作之类的把戏,因为这一幕太真实了,等到第六个或者第七个家伙挤眉弄眼地大笑,猛插进去时,喇叭里那小妞简直是在狂号,我觉得恶心了。我觉得浑身疼,有点想吐,又有点不想吐。我觉得浑身不自在,哥们儿啊,因为我被牢牢困在这把椅子上。这段电影结束时,我听见那个布罗德斯基大夫从操作台那边发话了:"反应是12.5?有希望,有希望。"

我们紧接着又看下一部短片,这次仅仅是一个人的面孔,很苍白,被人按着在脑袋上用各种酷刑。我直冒虚汗,肚子疼,渴得要命,脑袋里砰砰砰直打鼓,我觉得,只要不看这部电影,或许还能好过点。可我没法闭上眼睛,不管我多么拼命地转眼珠子,总是逃不开电影火一样的光线。我只能接着看酷刑一出接一出,听着那张面孔可怕的惨叫声。我知道,这都不是真的,但还是没用。小刀剜出了一只眼睛,又割掉了面颊,哗哗哗乱割一气,红瓤子都喷到了镜头上,这让我恶心得要命,却吐不出来。电影里又用钳子把牙齿全部拔掉,那张脸鲜血横流,尖声惨叫。我听见布罗德斯基大夫非常愉快地说:"好极了,好极了,好极了。"

下一段电影说的是一个开店的老妇人被许多小伙子踢来打去,小伙子们边打边狂笑,砸了小店,把它放火烧了。银幕上那个可怜的老太婆还想爬出火海,她尖叫狂号,可一条腿被小伙子们打断了,根本动不了。很快她就被熊熊烈火包围,只见她痛苦的面孔一瞬间透过火焰,后又隐于火焰中,那叫声惨绝人寰,真是如同雷鸣,仿佛她心肝俱裂,让人好生难过。这次我知道自己肯定会吐,我大喊道:

"我想吐。请让我吐一下,请给我拿个东西来让我吐。"但是布罗德斯基大夫回话道:

"不过是幻觉。你不用担心,下一场电影。"他这话大概是说笑话,我听见黑暗中有人在笑。我不得不看这一场令人恶心至极,关于日本兵折磨人的电影。那是从1939年到1945年战争期间的事,日本人用钉子将俘虏钉在树上,在树下生了火,还把他们的蛋给割掉了,我甚至看到一个士兵被一剑斩首,脑袋在地上乱滚,嘴巴和眼睛看起来依然鲜活,无头尸则四处乱撞,红瓤子喷泉一样涌出脖子,然后无头尸倒地而死,日本人笑得地动山摇。我肚子很痛,头也很痛,渴得要命,日本兵好像要从银幕里下来一样,我大喊道:

"别放了!求求你们,求求你们别放了!我受不了了。"此时布

罗德斯基大夫的声音传来：

"别放了？你说别放了？为什么，我们才开始呢。"他和其他人哄堂大笑。

5

哥们儿，我不想描述那天下午，我是怎么被强迫着又看了好多可怕的场面，我不愿去想布罗德斯基大夫和布莱诺姆大夫，还有那些白大褂的脑子里在想什么，也不愿回忆那个小姐是怎么摆弄手柄，看着仪表，他们比国狱里的任何一个犯人都更混蛋，更肮脏。我真想不到，竟然会有人拍出那样的电影逼我看，还把我五花大绑在椅子上，撑开我的眼皮。我只有尖声号叫，让他们关了，快关了，号叫声倒盖过了电影里的打斗、胡闹声，还有贯穿全片的伴奏音乐。活像死里逃生，我终于看完了最后一段电影，布罗德斯基大夫懒洋洋地、没劲地说："我想第一天这样就差不多了，你觉得呢，布莱诺姆？"灯光亮起，我躺在中间，脑袋像被气锤砸过一样生疼，嘴巴干得冒火还臭烘烘的，感觉能把断奶以来吃的每一顿饭都给吐出来，哦哥们儿啊。"好了，"布罗德斯基大夫说，"他可以回去睡觉了。"他还轻拍了我的肩膀："不错，不错，很有希望。"他满脸狞笑，

117 摇摇摆摆地走了,布莱诺姆大夫跟在后头,他丢给我一个既亲热又同情的微笑,似乎他和今天这桩事完全没关系,和我一样,都是不得已而为之。

总之,他们给我松绑,又把我的眼皮给放下来,我终于可以眨眼了,我把眼睛紧闭上,哦哥们儿啊,脑袋跳着疼,就这么被人抬上轮椅,推回我的小卧室了,推我回去的那个下层员工一路都在高唱一首老掉牙的流行歌曲,我吼道:"尔快闭嘴。"可他大笑着说:"算了吧,朋友。"倒唱得更大声了。我被抬回床上,依然犯恶心,可睡不着,但我很快就觉得自个儿很快就会感觉到自己很快就会开始感觉到有一点点好转,这时候他们又给我送来了美味的热茶,还有许多牛奶和糖。喝上茶,我才意识到可怕的噩梦已经过去,一切都结束了。此时布莱诺姆大夫进来,他很和气地笑着,说道:

"好啊,按照我的计算,你现在慢慢地感觉好起来了,是不是?"

"先生。"我疲惫地说。我搞不懂,他说的计算是什么意思,我觉得,感觉好了,不犯恶心了,这是个人的感受,和计算有什么关系。他在床边坐下来,又和气又亲热地说:

"布罗德斯基大夫很看重你,你的反应很积极。当然了,明天还有两个疗程,上下午各一个,我懂,一天下来你会觉得有点疲惫。可我们不得不严格对你,这是为了让你痊愈。"我说:

118 "你是说,我还得再坐着经受一遍——? 你是说我又得看——? 哦,不。太可怕了。"

"当然可怕了，"布莱诺姆大夫笑着说，"暴力本来就很可怕，这就是你现在要学的，或者说你的身体正在学习。"

"可我不明白，"我说，"我不明白我为什么会觉得恶心。我以前可没觉得恶心过，我以前干这事可起劲了。我是说，不管是旁观，还是亲自上，我都感觉棒极了。我就是搞不懂，现在怎么会，为什么，怎么——"

"生命是何等奇妙，"布莱诺姆大夫很神圣地说，"生命的历程，人类的生机，谁又能真正懂得这其中的奥妙呢？布罗德斯基大夫真是一个伟大的人，你眼下感受到的，任何正常健康的人都会有同感，每当看到邪恶横行、打砸抢烧，谁不会觉得恶心呢？治疗正在把你变得正常，把你变得健康。"

"我可不会变，"我说，"也听不懂你到底在说什么，不过你们就是搞得我非常非常恶心。"

"你现在还觉得恶心吗？"他说，脸上依然挂着那亲热的微笑，"你喝了茶，也休息过了，又和朋友聊了会儿小天，我敢说你现在感觉挺好的，是不是？"

我听了这话，就去搜寻我的脑袋瓜和身体上还有没有疼痛和恶心感，生怕反应很大。可他说得没错，哥们儿，我觉得很好，甚至想吃晚餐了。"我搞不明白，"我说，"你们肯定对我搞了什么把戏让我觉得恶心。"我皱起眉头，苦苦思索。

"你今天下午觉得恶心，"他说，"是因为你正在康复，如果你是健康人，你对暴行就会自然觉得恐惧和恶心。你正在康复，如此而已。明天这时候，你会康复得更好的。"他拍拍我的腿，走出去了，我拼命地想搞清这究竟是怎么一回事，我觉得，大概就是在我身上连的那些线和其他的玩意儿让我觉得恶心，这都是小把戏。我开动脑筋，心想明天我要不要反抗，不让自个儿被捆到椅子上，甚至和这些家伙大打出手，因为我也有权利。此刻另一个家伙进来看我，这是个满脸堆笑的老东西，说他自己是什么出狱官，他带来许多文件，问："你出狱之后会去哪里？"我没认真想过这件事儿，此刻我突然发现，很快我就会恢复快活自由的好汉之身了。于是我明白了，想要出去，我只有夹起尾巴做老实人，别再想打架、尖叫、反抗这类事了。我说：

"我会回家的，回到我老头老母那边去。"

"你的——？"他一点儿都听不懂纳查话，于是我说：

"我会回到亲爱的老公寓楼里我父母身边去。"

"明白了，"他说，"他们上次来探望你是什么时间？"

"有一个月了，"我说，"还差几天，监狱把探监日推迟了几天，因为有一个犯人的婆娘利用探监的机会偷运进来一些炸药。搞这种狗屁把戏，是和老实人过不去，把大家都连累了，所以，离上次探监快一个月了。"

"明白了，"出狱官先生说，"你被转移并即将被释放这件事儿，你通知家长了吗？"释放，这词听起来真是美妙，我说："还没有呢，我想给他们来个大惊喜,鄙人直接推门进去说:'我回来啦!我又自由啦!'这多痛快。"

"好了,"出狱官先生说,"我们先聊到这儿,只要你出去后有地方住就没问题,接下来我们还要聊一聊你今后的工作,是不是?"他递给我一张长长的招工列表,可我觉得,此刻谈这些还为时过早,我想要美美地度一个假,等一出狱,我就先偷上几手,让兜里装满票子。只不过我得非常、非常小心,而且得独自出马,因为我再也不相信那些所谓的哥们儿了。于是我和这家伙说,先放一放,我们回头再说工作的事。他说好好好,就准备出门了。可这家伙实在是个怪人,此时,只见他咯咯一笑,对我说:"在我出门以前,劳驾你在我脸上打一下,好不好?"我觉得自己肯定听错了,于是我说:

"啥?"

"劳您大驾,"他咯咯地笑道,"出门前,在我脸上打一下好不好?"我皱起眉头,心中困惑,说道:

"为什么?"

"没什么,"他说,"就是想看看你进步得快不快。"他把脸凑得很近,嘴咧得一直到耳朵根儿笑着,于是我捏起拳头,朝这张臭脸猛打过去,可他猛退一步,笑个不停,叫我的拳头吃了个空。这太叫人想不通了,他仰天大笑地走了,我则皱眉苦思,此刻兄弟们,一阵恶心袭来,就跟下午一样,但只恶心了几分钟,马上就过去了。他们端饭进来的时候,我的胃口很好,打算大吃烤鸡,想起那个老东西自己讨打,这真可笑,想起我还那么恶心,这真可笑。

更可笑的事情来了,哥们儿,我夜里做了一个噩梦,你想也想得到,我梦见的是下午看的那些电影。其实不管美梦、噩梦,都像是你脑瓜子里放的电影,只不过在梦里你自己可以走进去,还能自己去演,我的这个噩梦就是如此。噩梦的情节就是下午的电影临近尾声的一幕,小伙子们都狂笑着,在一个小妞身上搞超级暴力,那小妞不停地尖叫,红通通的鲜血直流,她的衣服被扯得一丝不剩,我也在其中胡闹、大笑,而且还是个挑头的,穿的是纳查中最时髦的衣服。正当大家又推又打,玩得开心时,我突然觉得浑身发麻,就要猛吐一气。看我这样,小伙子们都大笑不止,我努力挣扎着想要醒来,却发现满脚都踩着我自个儿的鲜血,溢出了杯盏,溢出了碗碟,乃至溢出了桶罐。直到此时我才惊醒,发现自个儿依旧躺在床上,我想吐,于是我浑身颤抖着下了床,打算到走廊尽头的厕所里去吐。但是想不到啊,哥们儿,门锁着,我转过身来,这才发现,连窗户上都有铁栏杆,于是我只有去找床头柜边放着的小痰盂。我明白,自己无处可逃,只有束手就擒。更糟的是,我甚至都不敢再入梦乡。很快我就觉得一点儿都不想吐了,可叫我躺到床上去睡觉还是有点怵,但很快我就一头昏睡过去,再也没有做梦。

6

"别放啦,别放啦,别放啦,"我不停地大叫,"快关掉,快关掉,你们这些臭混蛋,我再也受不了了!"这已经是第二天,哥们儿啊,整个上午和下午,我真是拼了命去迎合他们,我就像个满脸堆笑俯首帖耳的孩子,老实坐在我的刑具上面,他们在屏幕上不停地播放超级暴力的影片。我的眼皮子被夹起来,好叫我一览无余,我的身子、双手和双脚都被捆在椅子上,跑也跑不掉。银幕上此刻放的内容,若叫原来的我来看,倒是一套不错的把戏。就是三四个小伙子偷摸进一家小店,在兜里塞满了票子,还在折磨那个不断尖叫的老太婆,就是小店店主。一顿踢打,让她鲜红鲜红的瓢子横流,可我脑瓜子里直跳,砰砰砰砰地乱撞,我想吐,喉咙里干得像被刀子刮,比昨天更糟。"哦,我可受不了啦!"我喊道,"你们这些臭混蛋!"我还打算从椅子上挣脱开,但这根本没戏,我被捆得结结实实。

"一流棒,"布罗德斯基大夫大叫道,"你干得好极了,再看一部电影，我们就结束了。"

这部电影讲的又是从1939年到1945年的那场大战，影片上满满的斑点、条纹、裂缝，能看出来，是当时德国人实拍的。开场是德国雄鹰标志，还有纳粹旗，被弯成万字形的铁十字，学校里面的小孩都爱画这个，然后是扬扬得意、不可一世的德国军官，阔步走过大街，大街上到处都是瓦砾、弹坑和倒塌的房子。这之后我又看到许多人被推到墙边枪毙，军官下令开枪，可怕的赤条条的尸体就堆在水沟里，只见历历可数的肋骨和又黄又瘦的人腿，然后有人被拖拽着过来，一边被拖，一边被踢打，一路惨叫着。只不过喇叭里听不见惨叫声，只有伴奏音乐。尽管我此时疼得要命又恶心，可我突然听出来喇叭里面杀气腾腾，电闪雷鸣的究竟是什么音乐了。竟然是路德维希·范，是《第五交响乐》的最后一章。我发疯一样大叫道："快停下，停下！你们这些肮脏恶心的混蛋！这是在犯罪！犯罪，可耻的弥天大罪，混蛋！"但他们并没有停，因为只过了一两分钟影片就结束了，最后那些人被打得死去活来，血肉模糊，老一套枪毙了事，结尾又是纳粹旗，"完"。灯光亮起来之后，布罗德斯基大夫和布莱诺姆大夫两人都站在我面前，布罗德斯基大夫说：

"你刚才说什么是犯罪啊？"

"像刚才那样，"我有气无力地说，"使用路德维希·范的音乐，就是犯罪。他可没伤害过任何人，贝多芬只写音乐。"说到这里，我真的要吐了，他们给我端来一个腰子形状的盆子。

"音乐,"布罗德斯基大夫沉思道,"看来你对音乐很敏感,我对音乐一无所知,我只知道音乐是一剂有用的情绪放大剂。好好,你怎么看,嗯?布莱诺姆?"

"这是人的本性,"布莱诺姆大夫说,"人人都会杀死其所爱,那个监狱诗人不是这么说的嘛,或许这才是刑罚真正的诀窍,典狱长要是知道肯定会很高兴。"

"给我来点喝的,"我说,"看在老天爷分上。"

"把他松开,"布罗德斯基大夫说,"给他拿一大罐冰水过来。"于是就有跑腿的去拿,我成斤成斤地喝着冰水,这真是人间极乐,哥们儿啊。布罗德斯基大夫说:"看起来你是一个挺聪明的小伙子,也不是毫无品位,你只不过就是喜欢搞暴力,是不是?暴力和盗窃,盗窃也是暴力的一方面。"我一句话都没有说,我依然觉得很恶心,只不过比刚才稍好了一点,今天可真是糟糕透了。"听着,"布罗德斯基大夫说,"你觉得咱们做得怎么样?你知道不知道我们在对你做什么?"

"你们就是想把我弄恶心了,"我说,"我一看见你们这些变态的臭电影就恶心,但这并不是电影本身的问题,可是我又感觉到,电影一停我就不恶心了。"

"没错,"布罗德斯基大夫说,"这就是联想,是世界上最古老的教育法,那么你认为到底是什么让你恶心的?"

"就是连着我的脑壳和皮囊的那堆又污又变态的屌东西,"我说,"肯定就是。"

"有趣,"布罗德斯基大夫微笑道,"你还会说团伙黑话。你知道这种黑话源自哪里吗,布莱诺姆?"

"小部分有些来自过去的歇后语,"布莱诺姆大夫说,他现在看起来一点都不像我的朋友了,"有一点是吉卜赛语,但大部分词根是斯拉夫语,因为有政治宣传,和平演变嘛。"

"好了,好了,好了。"布罗德斯基大夫说,他没了耐心也没了兴趣。"告诉你,"他转向我说,"你恶心并不是因为电线,这和你身上绑的仪器没什么关系,这些仪器只不过是用来测量你的反应值的,你继续猜?"

我此刻明白啦,我真是个没脑子的大傻瓜,没有注意到是在胳膊上注射的针剂搞的鬼。"哦,"我大叫道,"我全明白了,好一个肮脏的狗屁臭阴谋,太阴险了,操你们,再也别想给我打针了。"

"我很高兴你现在就提出抗议,"布罗德斯基大夫说,"现在我们可以把话给说清楚了,我们有很多办法能把路多维可试剂弄进你的身体里,比方说口服,但注射的方法是最好的,请不要抵抗,你的反抗毫无意义,我们是不可能发慈悲的。"

"臭杂种,"我哭起来,说道,"我不介意那些超级暴力的垃圾电影,我能受得了,但是这么折腾音乐可不对,让我一听到可爱的路德维希·范,以及 G. F. 亨德尔就恶心,这可不行。你们就是一群黑心肠的混蛋,我永远都不会放过你们,恶棍们。"

他们两人似乎都在沉思,然后布罗德斯基大夫说:"一个事物想要非恶即善,这是很难的,世界、人生都是如此。即便是最甜蜜最圣洁之事,也不免包含暴力,比如爱,再比如音乐,全看你自己选了哪一面,孩子。反正这都是你自己的选择。"

我一句话也没听明白,于是我说:

"您不用把话扯得这么远,先生,"我神不知鬼不觉地转变了话头,"你已经让我懂得了,不管是打架呀,超级暴力呀,杀人呀,都是大错特错,错得一塌糊涂,我已经得到教训了,先生们,我不会再两眼一抹黑了,我已经痊愈了,感谢上帝。"我抬眼仰望苍穹,一脸圣洁地瞅着天花板,可两位大夫都伤心得直摇脑袋。布罗德斯基大夫说:

"你并没有痊愈,还有很多工作要做,只有当你一接触暴力,身体就会自动产生强烈反应,活像见到毒蛇,而且过程中没有我们的帮助,也没有服药,只有那时候,才——"我说:

"可是,先生,先生们啊!我如今已经知道暴力是错的,为什么错?因为暴力是反社会的。为什么错?因为世界上每一个人都有权过自己快活的小日子,没有人想被人打,遭人踢,被人用刀子捅。我学到了很多,真的。"但布罗德斯基大夫听了这话好一阵大笑,笑掉了满嘴大白牙,他说:

"这都是理性时代的异端邪说。"他这话我记得不太清了,"知道什么是善恶,并且真心认同,可就是想作恶,不,不,我的孩子,这事儿还是交给我们吧。你也不用难过,毕竟很快就要结束了,不到两个星期,你就将重获自由。"他最后拍拍我的肩膀。

说起来不到两个星期,哦,哥们儿啊,朋友啊,感觉却像长年累月,就像是从世界诞生一直熬到了世界末日,我宁愿老老实实地在国狱坐满十四年大狱,也不愿遭这个罪。每天都是老一套。和布罗德斯基大夫以及布莱诺姆大夫谈完之后,又过了四天。那个小妞拿着针管进来时,我说:"想得美,没门!"我猛拍她的手,针管叮当掉在地板上。其实我就是想看看,他们能拿我怎么样。结果冲进来四五个牛高马大、穿白大褂打杂的混蛋,把我摁在床上,满脸狞笑地凑到我脸上,给我一顿好打。那个护士小妞还说:"你这坏种,不听话的小魔鬼。"她抄起另一根针管,在我胳膊上扎下去,野蛮凶狠地注射了一大管。我就这么筋酸骨软地又被推进了那可怕的电影房。

不管哪一天,哥们儿啊,放的电影都是老一套,拳打脚踢,满脸满身都淌着通红通红的鲜血,还一下喷到镜头上。要不就是穿着时髦纳查服饰的小伙子狞笑狂笑,要不就是"呵嘿嘿"大笑的日本兵折磨人,要不就是野蛮的纳粹又踢打又枪毙。日复一日,都折磨得我想死,恶心,脑壳痛,牙疼得钻心,还有让人死去活来的口渴,变本加厉。有天早上,我还打算不让这些杂种得逞,办法就是用脑门哐哐哐撞墙,把自己撞晕过去就好。但后果却是我发现这一幕和我在电影里看到的血腥场景很相似,我立刻想吐,最后被弄得筋疲力尽,照例挨了一针,被推走了。

直到有天早上,我醒过来,早餐吃了鸡蛋、面包、果酱,喝了热乎乎的奶茶。我想:"再也用不了多久了,我遭的罪就快到头了,我已经吃尽了苦中苦,再也受不了了。"我等啊等啊,哥们儿,等那个护士小姐来给我打一针,可她一直没有来。倒是进来一个穿白大褂打下手的,对我说:

"老朋友,今天我们让你自己走着去。"

"走着去?"我说,"去哪儿?"

"还是老地方啊,"他说,"好啦好啦,不用那么吃惊,就是让你自己走去看电影。当然我会在你旁边,你以后就不用坐轮椅了。"

"不过,"我说,"难道真不用打可怕的早间一针了?"这才是让我最吃惊的,哥们儿,他们自己都承认,一直都迫不及待地想把那个路多维可鬼东西注射进我身体里。于是我说:"也就是说,再也不会把那可怕的、让人恶心的玩意儿注射进我可怜受罪的胳膊里去了?"

"都结束了,"那个家伙笑着说,"彻彻底底结束了,阿门。现在靠你自己了。孩子,自个儿走进那间恐怖小屋去吧。只不过还得把你绑起来,逼你看电影。来吧,我的小老虎。"于是我穿上长袍和拖鞋,沿着走廊走到电影室去。

所以这次,哥们儿啊,我不但恶心,还一头雾水。电影又来了,老一套的超级暴力,有人被打得脑袋开花,皮开肉绽、鲜血直流的小妞尖声地喊救命,这算是个人在私底下瞎胡闹,干坏事。也有战俘营,犹太人,灰沉沉的异国街道,坦克横行,全副武装的军人,枪口火光一闪,人们纷纷倒地,这是社会暴力。我又觉得恶心,干渴,浑身都疼,但这次只能怪罪于这些不得不看的电影了。我的眼皮依然被夹子拽开,手脚和身体被捆在椅子上,但身体和脑袋上连着的那堆电线之类的玩意儿已经全撤了。那么,除了眼下在看的电影,还能有什么会让我觉得恶心呢?没错,或许这个什么路多维可就像个疫苗,已经在我的血管里畅游,只要我一看到任何超级暴力的玩意儿,一辈子都会免不了恶心。现如今,我就咧开嘴巴,哇呜呜地哭。眼泪让影片变模糊了,这真是天赐的甘泉,白银的露珠。可那些白大褂的流氓飞快地掏出了手帕,擦掉眼泪,还说:"好了,好了,干啥要抽抽搭搭哭鼻子?"于是我眼前又变得清晰可见,德国人驱赶着那些苦苦哀求、哭天抹泪的犹太人——有男人有女人,有小伙子和小妞,他们都被推进了小屋里,然后吸进毒气,蹬腿咽气了。哇呜呜,我忍不住又哭了,他们过来擦掉我的眼泪,动作快得很,电影里的任何一个画面都不会让我错过。今天过得真是恐怖可怕,哦,哥们儿啊,我仅存的朋友们。

那天夜里,我独自一人躺在床上,晚餐吃的是又浓又肥的炖羊肉、水果派和冰激凌。我自个儿琢磨着,该死该死该死,肯定有机会能逃出去,但我没有武器,这儿又不准我自带剃刀。每两天就有一个又肥又秃顶的家伙专门到床边给我剃须,剃完再吃早餐,两个白大褂混蛋站在一边看着,我只有老老实实地做好孩子。我爪子上的指甲也被剪掉了,锉得很平,让我也没法去抓挠。我的动作还是很快,虽然他们尽力地削弱我,和从前比起来,如今我简直是弱不禁风。我下了床,走到锁着的门前,重重地捶着门,高喊道:"哦,救命啊,救命,我生病了,我要死啦。大夫大夫大夫快来呀。求你了。我要死了,没骗你们,救命啊!"还没有人来,可我的喉咙已经叫得又干又疼了。然后我听到走廊里有人走路,还在骂骂咧咧,我听出来了,这人就是每天给我送食物,并把我送去小屋的那个白大褂。他骂道:

"你要干什么?你又怎么啦?你想玩什么鬼把戏?"

"哦,我要死了,"我哼哼着,"我这边疼得要命,肯定是盲肠炎,就是,哦哦哦哦。"

"盲肠你个头。"这家伙骂道。听见钥匙开锁声,哥们儿,我不禁心中一喜。"如果你装蒜,小朋友啊,我们哥几个会拳脚伺候你一整夜。"他说着打开了门,甜美的空气涌了进来,自由就在眼前。他推门进来时,我站在门后面,看见他借着走廊里的光,困惑地四下找我。我捏起两个拳头,打算猛捶他的脖子,老天啊,我几乎已经看见他倒在地上哀号,或者一下就昏昏然背过气去。刚觉得痛快过瘾,此刻,恶心感突然袭来,猝不及防,我吓得要命,以为自己真的要死了。我跌跌撞撞地爬到床上,呜哇呜哇呜哇地呕,那个家伙此时并没穿白大褂,而是一身睡袍,他此刻已经明白我打算干什么

了,于是说:

"好啊,不学不知道是不是?不妨说世间万物皆学问,来呀,小朋友,从床上爬起来,打我呀。我求你打我,没错,真的,在我下巴上狠狠来一拳。你可千万要打我呀,求你了。"可此时,哥们儿啊,我只能哇呜呜地趴在床上抹泪。"渣滓,"那家伙冷笑道,"恶心。"他抓起我睡衣的后领,把我提起来,我浑身无力双脚绵软,他扬起拳头,一下打来,我脸上结结实实地挨了一拳。"叫你把我吵醒,你个小王八。"他啪啪啪地拍拍双手,出去了。钥匙咔咔地响,门又锁上了。

哥们儿啊,我赶紧爬上床睡觉,是为了赶紧忘记自己心中一个可怕又荒诞的念头——与其打人,还不如被人打。如果那家伙还没走,我或许已经把另一边脸给他送上去了。

7

得到通知时,我不敢相信。我感觉自个儿已经在这间臭烘烘的小屋里待了一辈子,而且还要永远待下去。但其实总共不过两个礼拜,我听他们说,时间快到了。他们是这么说的:

"到明天,小朋友,出狱出狱出狱啦。"说着还顶起大拇指,好像在指向自由。那个白大褂就是之前揍我的那个,他还负责每天给我送饭菜,每天押着我去受折磨,他也说:"今天可真是你的大日子,你能否过关就看今天啦!"说着,他好一阵坏笑。

早上的时候我还以为,我会像平常一样穿上睡衣和拖鞋,再罩上睡袍,自个儿走去电影室,没想到并非如此。早上,我得到了被捕那天晚上穿的衬衫、内衣、外套,还有那双给力的大头皮靴,这些都好好地洗过了,熨平了,上过油了。甚至连长柄剃刀都还给我了,这可是我在往昔峥嵘岁月里胡闹打斗时的兵器啊。我一面穿衣服,一面又疑神疑鬼地皱起眉头,可那个白大褂只是在坏笑,什么也不肯说,哦,我的哥们儿啊!

他和和气气地押着我去了那间小屋,小屋今天面目全非,电影银幕前拉了幕布。放映机放映孔下面的磨砂玻璃也不见了,大概和百叶窗或者挡板一样,可以推上去或者拉开到两边。原先在磨砂玻璃后面,我还曾听过有人咳得喀喀喀响,也见过人影晃动。如今那儿却聚集了好大一群人。其中有一些人我是认识的,有国狱的典狱长,有那位圣人,即所谓的监狱牧师或木师[1],有监狱警察的头,还有那个来头很大、穿着华贵的家伙,他是内政部或者赖政部部长。剩下的人我就不认识了,布罗德斯基大夫和布莱诺姆大夫也在,尽管今天没穿白大褂,而是穿得像个体面的大夫,大夫们一旦名头够大,总会想穿得时髦。布莱诺姆大夫站在一边,布罗德斯基大夫也站着和那群人说话,学识很渊博的样子。他看见我进来,就说道:"先生们,为您介绍,此刻走上舞台的正是实验对象本人。请诸位看,他身体健康,生龙活虎。他刚刚一觉睡到大天亮,美美地吃了顿早餐,然后直接过来了。既没有服药,也没有受催眠。明天,我们就将信心百倍地把他推向社会,他已经变成了一个高贵的小伙子,美好得如同良辰美景中的梦中情人,纯洁无瑕,温柔似水,你们亲眼一看便知,他出言必儒雅,出手必助人,比起以往,真是天渊之别啊!他曾是个邪恶的小流氓,政府两年前就判他有罪入狱,

---

[1] "木师"和下文的"赖政部"都是对原文发音类似的词的模拟。

结果徒劳无益，两年过去，他丝毫未变。我是不是说了丝毫未变，不，也不是未变，这样说不准确。他在监狱里，学会了如何假扮笑脸，学会了如何装模作样地摩拳擦掌以表热心，学会了如何巧言令色、奉承谄笑。监狱教会了他新的招数，并让原有的恶习更加根深蒂固。好吧，先生们，无需多说，眼见为实。我们开始实验，请各位观看。"我被这一通话搞得有些发晕，打算琢磨清楚他说的究竟是不是我。此刻，灯光全灭，从投影方孔处射来两道聚光灯，其中一道正落在谦卑而痛苦的鄙人身上。一位我没见过的牛高马大的汉子则走进了另一束光柱中。此人肥头大耳，蓄着唇胡，一缕一缕的头发趴在半秃的脑门上。这人可能有三十岁或者四十岁或者五十岁，反正年纪大了，是个老东西，他朝我走过来，光柱跟在他身后。很快，两束光柱汇合，照亮了一大片地方。他一张嘴就嘲笑我："你好啊，烂泥巴，臭狗屎，你恐怕是没洗干净吧，满身都是臭味。"说着，他好像在跳舞似的，猛踩我脚丫子，先左脚后右脚。又弯起手指弹我的鼻子，我疼得要命，我的眼睛里再次蓄满了泪水。他又猛拧我的左耳朵，好像是给收音机调台，我听见观众席那儿有人在低声笑，也有几个人在响亮地嚯嚯嚯大笑。我的鼻子、双脚和耳朵像被针扎，疼得要命，我说：

"你为什么要这样对我？我可没欺负过你呀，兄弟。"

"哦，"那个家伙说，"我就要这么地，"——弹我的鼻子——"还有这样，"——猛转我疼痛的耳朵——"还有这个，"——狠踩我的右脚——"因为我根本就看不上你这类狗屎,你想还手就来呀,来呀,来呀,打我呀!"我知道自己一定得快,要飞速地掏出割喉剃刀捅他,否则那种可怕的、要人命的恶心会马上涌上来,将我的战斗激情变得毫无斗志。此时,哦哥们儿啊,我的右手都已经够到了内兜里的剃刀,我的脑海中已经浮现出如此的景象:这个骂骂咧咧的家伙喊着饶命,口中直淌通红通红的鲜血。这画面尚未淡去,我就已经被恶心、干渴和疼痛打倒了。在那短短的一瞬间,我立刻意识到,对这个恶心的家伙,我不得不换个姿态了。于是我在兜里摸,想找到烟卷或者票子,哦,哥们儿啊,兜里什么都没有,我哀哀地哭着说:

"我想给您敬上一支烟,大哥,可是我没有。"那家伙说:

"嗷嗷,哇呜呜,哭鼻子吧,小娃娃。"他又大又硬的指甲在我的鼻子上弹呀弹呀弹,我听见黑暗中的观众席那边传来响亮的笑声,简直是兴高采烈。我绝望地对这个骂骂咧咧、下手很重的家伙求情,好让自个儿不挨打也不至于恶心。

"请让我为您效劳吧,求您啦。"我在口袋里摸了摸,就只能摸到剃刀,于是我将其掏出来,呈给他:"请赏脸收下吧,一点小心意,请收下吧!"可他说:

"把那个恶心的小贿赂拿开,你别想这么轻易地糊弄我。"他猛拍我的手,剃刀掉在地板上。

我说:"求您了,我一定得为您效劳,要不然,我帮您擦靴子吧？您看，我这就趴下来舔。"哥们儿啊，你们爱信不信，不信就舔我的蛋蛋，我可真是双膝跪地，红口条垂了一英里半长，去舔他脏兮兮的臭靴子，可这家伙在我嘴上踢了一脚，幸好不算太重。我想，如果我此刻双手紧抓他的脚踝，把这个恶心的臭混蛋拽倒在地，或许不会让我恶心、疼痛。于是我依计而行，他大吃一惊，哐当一声摔倒在地，该死的观众们笑声大作。可看他倒在地上，那可怕的感觉再度袭来，于是我伸出手马上将他扶起来。他站直身体，打算狠狠地、正儿八经地在我脸上猛揍一顿。此时，布罗德斯基大夫说：

"好啦，做得不错。"于是这个可怕的家伙居然还鞠了一躬，像个演员一样跳着舞下场。灯光又重聚到我身上，我眨巴着眼睛，大张着嘴巴惨叫。布罗德斯基大夫对观众说："诸位已经看到了，我们的实验对象最后行了善，但荒谬的是，行善的动机恰恰是因为他想作恶。一旦有了动武的念头，就会造成此人生理上的极度不适。为克服不适感，实验对象只能采用与其想法截然相反的态度。有问题吗？"

"那么他的选择权呢？"一个洪亮低沉的声音响起来，我知道说话的是监狱牧师，"这并非他本人真正的选择，不是吗？而是出于趋利避害，害怕疼痛，他才会做出如此怪诞的、自轻自贱的举动。其向善的虚伪昭然若揭，如今他的确是做不了恶人了，他甚至成了一个无法做出道德选择的木石。"

"这都是细枝末节，"布罗德斯基大夫笑着说，"我们对其动机也好，对更为崇高的伦理也好，并不关心，我们只关心如何降低犯罪以及——"

"还有，"那个衣着体面的大高个儿部长插话道，"我们关心的是如何缓解监狱中令人发指的人满为患的现象。"

"你听听。"有人说道。

大家争相发言，唇枪舌剑，我站在那儿，哥们儿，这些愚蠢的混蛋，似乎完全把我忘了。于是我大喊道：

"我，我，还有我，我怎么办？这和我有什么关系，难道我就是用来做实验的动物，或者狗？"这话一出口，让他们争论得更加大声了，还对我乱吼，于是我提高声调吼叫道："难道我就是一只发条橙吗？"我不知道自己为什么会说出这句话，哥们儿，只是灵光一闪，脱口而出，却神奇地让所有人都沉默了一两分钟。而后，一个又老又干巴、教授模样的家伙站了起来，他的脖子上青筋暴露如同电线，仿佛要把电能从脑袋里送进身体，他说：

"你有什么资格抱怨，孩子。你做了选择，就要承担起后果。不管发生什么，这都是你自己的选择。"听了这话，监狱牧师大喝道：

"哼，说得像真的一样。"我看见典狱长瞪了他一眼，似乎在说你还以为自己能在监狱宗教界一路高升，别做梦了。他们重又开始大声争辩，我能听见爱这个词，在唇枪舌剑中飞来飞去，监狱牧

师和别人一样声如洪钟,他吼着完美的爱会驱赶恐惧之类的屁话。布罗德斯基大夫开口了,他满脸是笑:

"先生们,我很高兴你们提到了爱的问题,马上我们就能亲眼看到一种伟大的爱,人们曾认为这种爱自从中世纪以来就绝种了。"于是灯光又熄灭了,一束光柱罩着可怜而受难的鄙人,你的朋友。随着另一束光柱,一个让人梦寐以求、惊为天人的小姐姗姗走来,也就是说,她拥有一对无与伦比的奶子,她的衣服缓缓地滑落滑落,滑落肩头,她的双腿美如天堂神迹,她走来时让你五脏六腑都为之燃烧。她脸上挂着甜美的微笑,一派天真无邪。她在光柱中向我走来,仿佛送来了天堂中的圣光之类的玩意儿,此刻,我脑中飞速闪过的只有一个念头,我真想把她一把推倒在地,天雷地火般地大搞抽抽插插。但恶心像子弹一样打中了我,仿佛是在黑暗角落里盯梢的侦探,尾随着我,该死地将我一把拿下。她身上的美妙香水味儿此刻更让我感觉到五脏六腑里开始翻腾。我得赶紧换个脑筋来对付这个小姐,否则,疼痛、干咳和可怕的恶心就会如千军万马般而来,将我彻底打垮。于是我高喊道:

"哦,天姿国色的小姐啊,我把自己的心扔到你脚下,让你随便踩。如果我有玫瑰,我一定会献给你。如果天上下雨,地上泥泞,我就会拿衣服给你铺路,不让你精巧的脚丫粘上臭泥巴。"我说着,能感觉到恶心感正在淡去,于是我更高声喊道,"请让我崇拜你,帮助你,呵护你,免遭这邪恶世界的侵害吧!"此时,我终于想到了那个词，真是妙极了，于是我说："请让我做你诚挚的骑士吧！"说着，我再一次双膝下跪，弯下腰，五体投地。

　　这分明就是一出戏，我感觉自己真是蠢透了，傻透了，那个小姐笑着向观众鞠躬，蹦跶着退场，灯光大亮，还有些掌声，有些老东西的眼珠子几乎都要蹦出来了，紧盯着那小姐，不知道在想什么肮脏的、见不得人的心思。哦，哥们儿啊。

　　"他将成为真正的基督徒，"布罗德斯基大夫高声宣布，"随时准备把另外一张脸伸过去让人打，随时准备上十字架，而不是把别人钉上十字架。哪怕想到杀一只苍蝇，都会让他从心底里深恶痛绝。"这话没错，哥们儿，因为他说完这话，我就试着想杀苍蝇，果然感觉到一丝恶心，于是我赶紧去想用白糖好好伺候这只苍蝇，照顾它，就像照顾该死的宠物之类的，才将恶心和疼痛压了回去。"这就是浪子回头，"布罗德斯基大夫高声宣告，"神的使者面前必喜乐。"

　　内政部长也大声宣告道："关键是，这办法确实有效。"

　　"哎，"监狱牧师长叹一声，"的确太有效了，愿上帝拯救我们。"

三

1

"接下来要干啥,嗯?"

哥们儿啊,第二天一早,我这么问自己。我已经走出了老国狱旁加盖的白楼大门,穿着我两年前的夜行服。此刻晨光灰暗,手中的小袋子里装着我少得可怜的个人物品,还有该死的当局发善心拨给我的一点小钱,好让我开始新生活。

昨天剩下的辰光弄得我筋疲力尽,有人采访我并录像,好在电视新闻上播出,闪光灯啪啪啪地闪着拍照,所拍摄的都是我如何在超级暴力面前龟缩挨打这类丑事儿。好不容易一头倒到床上,我自己感觉,没一会儿就被叫醒,让我滚蛋回家去,他们再也不想看到鄙人。哦,哥们儿啊,我就这样出来了。一大清早,左口袋里只有一点小票子,我抖着票子,心中想:

"接下来要干啥,嗯?"

先找个地方吃点早饭,我想,整个早上我都没机会吃东西,每

143 个人都迫不及待地想把我一脚踢向自由,我只空喝了一盅茶。囹圄在镇上的荒凉处,但工人吃饭的小餐厅倒是哪儿都有。我很快就找到一家,哥们儿,但这家又破又臭,天花板上的灯也罩满了灰尘,让灯光更加昏暗。上早班的工人在大口喝茶,啃着不堪入目的香肠和面包片,还都吃得十分起劲,啊呜啊呜啊呜地大嚼,高喊再来一份儿。端盘子的是个丑八怪小姐,奶子却十分雄伟,有些食客想去抓她,嚯嚯嚯地大笑,她也一个劲儿嘻嘻嘻。光看到这一幕,就让我想吐,哥们儿。可我还是文质彬彬、很有礼貌地点了一些面包、果酱和茶,坐在黑暗的角落里自个儿吃喝。

我正吃的时候,一个侏儒般的小个子走进来卖晨报,这家伙很古怪,像是个混蛋囚犯胚,架着一副钢圈儿的厚眼镜,衣服的颜色活像变质很久的葡萄干布丁。我买了一份报纸,打算看看世界上又发生了什么,好让自己在重新投入尘世前有个准备。这份报纸看来是政府办的,因为头版上的所有新闻都在大谈每个家伙都必须在下次大选中投票赞成本届政府连任,大选似乎就在两三周之后。报纸上大吹特吹本届政府执政一年以来的伟大成果,哥们儿,什么出口增长了,对外政策棒极了,社会服务提高了这类狗屁。可是让本届政府最自鸣得意的,莫过于他们自认为,最近六个月,良民们可以更加放心地上街走夜路了。这是因为警察加薪,此外警

144 察对流氓、变态、入室抢劫犯这类的垃圾也更加铁面无情。这倒让鄙人觉得很有兴头。第二版上有一张很模糊的相片,那人很有些

面熟，结果发现，不是别人，而是我我我。我看起来又伤心又害怕，不过怕的是闪光灯砰砰地响个不停。照片下头写着，此人乃是新国家机构"浪子回头研究所"的第一个毕业生，只消两周的时间，此人的犯罪本能就被根除了，如今此人是一个善良的、敬重法律的好市民之类的狗屁玩意儿。然后我又看了一篇文章，大吹大擂路多维可疗法如何好，政府如何明智之类的狗屁。还有一张相片，那人我觉得也似曾相识。原来是赖政部长或者说内政部长。他也在鼓吹，所谓展望一个没有犯罪行为的美好时代，市民无需再担心遭小流氓、变态和盗贼的无耻暗算之类的狗屁。我啊呵呵吐了一口恶气，将报纸丢在地板上，好盖住小餐厅里的畜生食客们留下的斑斑茶渍和可怕的痰迹。

"接下来要干啥，嗯？"

接下来要做的，哥们儿，是回家去，让老头头头[1]和老太大吃一惊。他们的独子和继承人回到了家庭的怀抱。这样我就能躺回自己小窝里的床上，听听美妙的音乐，也好好去想想日子要怎么过。出狱官前天给了我一份可以去试试的工作列表，他还给几个人打了电话介绍我，可我毫无兴趣立马就去工作，哥们儿。先稍作休息，没错，躺在床上，听着美妙的音乐，自个儿慢慢想。

于是我坐公交车到了市中心，再转公交车到金斯利大街，公寓楼

---

1 对原文dadada的模拟处理。

18A就在附近。我没骗你,哥们儿,我的心还扑通扑通的,有点激动呢。四下都很安静,这是个冬天的大清早,我走进大楼门厅,没人,只有那些"劳工庄严"的裸体男女。哥们儿,让我大吃一惊的是,这些画都被清洗得干干净净,庄严的劳工们嘴巴里不再吐出污言秽语,那些歪脑筋的小伙子们用铅笔在裸体人像上画出的丑陋性具也都没了踪影。电梯正常工作,让我吃惊。我一按电钮,电梯就咕隆隆下来,走进电梯厢里一看,四下都打扫得很干净,更让我吃惊。

于是我直上十楼,看到了10-8的门牌依然如旧,我伸手进兜,掏出开门的小钥匙,手直哆嗦,发颤。可我还是稳稳地将钥匙插进锁孔,转动,开门进去,一头撞见三双惊恐的、吓坏了的眼睛,紧盯着我。正是老头、老太在吃早餐,但还有一个我从未见过的家伙。一个牛高马大的家伙,穿着衬衫和马裤,哥们儿,悠然自得地在我家里,喝着奶茶,喀哧喀哧大嚼蛋疙瘩和火腿。倒是这个奇怪的家伙先开口问我:

"你是什么人,朋友?你怎么会有钥匙?赶紧出去,不然我把你的脸揍扁。先滚出去,然后敲门,说明你的来意,赶紧的。"

我的老爸和老妈像是被雷劈了,看来他们还没有读报纸。此时我记起来,要等老头头头下班回家,才会去读报纸。老妈说:"哦,你越狱了。你逃跑了。我们可怎么办啊?我们要报警,哎哟哟。嗨,你这个天杀的坏孩子,丢尽了我们的脸。"你爱信不信,不信就来亲我的蛋蛋,她居然嗷呜呜地哭了。我只得尝试着解释,要是不信可以自己打电话去国狱问问,与此同时,那个陌生人拧眉坐着,看着我,好像打算举起那毛乎乎、硬邦邦的大拳头,把我的脸砸扁。于是我说:

"还是我问你答吧,哥们儿。你在这里做什么,待了多久?你这么和我说话可不行。你给我小心点,现在,答我的话。"他看起来像是个工人,丑八怪,有三四十岁了,坐在那儿,张开嘴巴冲着我,却一句话都没说。我老爸说道:

"是你误会了,儿子。你要回来,应当预先和我们说。我们以为起码还要等个五六年才会放你出来,"他说着,满脸伤心,"这可不是因为我们不高兴看到你回来,重获自由。"

"这人是谁?"我说,"他怎么不说话?这是咋回事?"

"这是乔,"我妈妈说,"他如今住在家里,是房客。哦,天啊天啊天啊。"她悲号道。

"是你呀,"乔说,"你的事情我全知道。我知道你干的勾当,让你可怜的父母伤透了心。如今你倒知道回来,嗯?是要回来再搞得他们生不如死,是不是?除非你弄死我,否则妄想,他们二老待我像亲生儿子,全不当房客。"我真想捧腹大笑,可体内的不舒服又让我觉得想吐,这大家伙看起来和我的老头老太同一个岁数,可他现在却孝子一样伸出双手呵护着我那哭泣的老妈,哦哥们儿啊!

我开口说话,感觉自己快要被涌出的泪水压垮了:"那就这样吧,嗯,我只给你五分钟,把你那些该死的狗屎玩意通通清出我的房间。"我向房间走去,那家伙迟了一步,没能拦住我。我打开房门,顿时心碎了一地。我的屋子已经面目全非啦,兄弟们,墙上挂的小旗子都没了,倒让这个家伙贴上了许多拳击手的相片,也像是一支乐队,神气活现,双拳交叉,前面还挂着个银盾样的玩意儿。我再看下去,发现我的音响和唱片柜也都没了,我锁着的百宝箱也不见了,里面可装着不少药瓶、药片和两支锃亮、干净的针筒呢。"竟有人做出这种混蛋狗屁事儿!"我大喊道,"你把我的东西都放哪去了?你这可耻的混蛋。"这话本是对这个什么乔说的,可我的爸爸却答话了,他说:

"都被没收了,儿子。是警察没收的,这是新法规,你明白?说是要赔偿受害者。"

我得强忍住才不会吐出来,可我的脑袋一抽一抽地疼,嘴巴干得要命,不得不一把抓起桌上的牛奶瓶大口地灌。这个乔说:"吃相活像臭猪猡。"我说:

"可她不是死了吗?那个家伙已经死了。"

"还有猫呢,儿子,"我老爸愧疚地说,"在宣读遗嘱前,猫没人照顾。所以得找专人去喂猫,警察把你的东西和衣服等全都卖了,支付喂猫费用。这就是法律,儿子,虽然你从来都无法无天的。"

我只得又坐下来,这个乔说:"坐下前连问都不问,你这个不懂规矩的小猪猡。"我马上回击道:"关上你那又脏又大又肥的嗓子眼儿。"可我马上就感到恶心,于是我不得不摆道理,为了自个儿的身体着想,还得赔着笑脸,于是我说:"好吧,这是我的房间,这可没错吧。这是我的家。我的老头老太,您二位究竟是怎么个想法?"可他俩看上去一脸愁容,我的老妈还在哆嗦,脸上爬满了皱纹,哭得湿答答的,这时我老爸说:

"这得从长计议,儿子啊。我们不能就这么让乔卷铺盖出门,这可不行,对不对?我是说,乔在这里有工作,还有合同,为期两年,我们说好了的,是不是,乔?我是说,儿子啊,我们还以为你要在大牢里蹲很久,房间空着也是空着。"他有点害臊,从他脸上能看出来。于是我惨然一笑,点点头说:

"我都明白了,你们已经习惯了过安生日子,习惯了挣点外快,就是这么回事。至于你们的儿子嘛,不过是个碍眼的讨厌鬼而已。"此刻啊,我的哥们儿,你爱信不信,不信就来亲我的蛋蛋,我居然哭起来了,为自个儿感到很伤心。于是我老爸说:

"哎,你看,儿子,乔已经把下个月的房租都给付了。我是说,不管今后怎么样,我们现在都不能赶乔出门,是不是,乔?"这个乔说:

"我担心的是您二老,你们对我就像亲爹妈一样好,我要是甩手走了,把你们丢给这个全不尽儿子职责的小畜生,那也太不仗义了,说不过去,是不是?他虽然现在哭天抹泪,那不过是因为他狡猾,装得像,让他去别处找地方住吧。也好让他知道,他错得有多离谱,像他这样的坏孩子,就不值得有这么好的爹妈。"

"算了吧,"我说,站起身来,泪如雨下,"我算是看明白了,没人想要我,没人爱我,我一直在受苦,受苦,还是受苦,人人都希望我永世不得翻身,我知道。"

"是你让别人受苦的,"乔说,"如今你受苦才叫罪有应得呢。你的那些事儿他们都跟我说了,我们一家人晚上坐在桌前聊,听得我胆战心惊,有些事都弄得我恶心。"

"我真希望我能回监狱去,我亲爱的老国狱,"我说,"我现在就走,你们再也不会见到我了,我要走自个儿的路,非常感谢,让你的良心慢慢难受去吧!"我老爸说:

"你别这么想,儿子。"我老妈只是嗷呜呜地哭,小脸皱成一团,煞是难看,乔又伸出双手安慰着她,轻轻拍着,像对疯子一样念叨着好啦没事啦。我跌跌撞撞地走到门口出去了,让他们自个儿难受死吧,哦哥们儿。

2

我沿着街边走，漫无目的，哥们儿，还穿着我的夜行服，好些人盯着我瞅。天气很冷，这是个该死的隆冬，我一心想的只是摆脱这一切，压根也不去想任何心思。于是我上了电车去市中心，然后又走回到泰勒广场，我的心头挚爱、总光顾的唱片店"旋律"就在那儿，哥们儿，这地方还是老样子，走进去的时候我还希望再见到老安迪，那个秃顶、瘦如干柴又很给力的家伙，我从前在他手上买过不少唱片。可安迪已经不在那儿了，哥们儿，只有尖声大叫的纳查小伙子和小姐们，听着什么可怕的新流行歌曲，还随之起舞。柜台后的家伙也差不多是个纳查，指关节敲个不停，咧嘴傻笑。我走过去等着，直到他屈尊来看我，我说：

"劳驾您，我想听听莫扎特四十号。"我也不知道为何就突然想到了这首，但就是如此。站店的家伙说：

"四十什么，朋友？"我说：

151　　"协奏曲。《G小调第四十号交响曲》。"

"哦哦哦哦,"一个正跳着舞的纳查怪叫,这家伙的头发把眼睛都遮住了,"鞋造曲,你们造不造?他要听鞋造曲。"

我感觉自己窝了一肚子火,这可得当心,于是我挤出个笑容,对着那个取代了安迪的家伙,也对着那些劲舞乱叫的纳查们。站店的家伙说:"你进去试听间,朋友,我在这里播给你听。"

我走进那小包间,在这里你可以试听打算买的唱片,站店的家伙给我播放了一张唱片,却不是莫扎特《第四十号交响曲》,而是莫扎特的《布拉格》——估计他顺手在架子上找了一张莫扎特的唱片就放了——这原本会让我火冒三丈,所以我得很小心,以免招来疼痛和恶心,可我千万不该忘记了一件事,这件事如今让我恨不得去死。这些大夫流氓在我身上绑定了一点:任何音乐,只要是有激情的,就会让我恶心,和自个儿看到暴行或是心想施暴时一样。这是因为那些血腥的电影里都有配乐。我尤其记得清楚,那部可怕的纳粹电影所配的音乐是贝多芬《第十五号》,最后一个乐章。如今连可爱的莫扎特也逃不过去。我发疯一样冲出试听间,想要躲过袭来的恶心和疼痛。我一头冲出店去,那些纳查们在我背后狂笑,站店的则大叫道:"哎哎哎!"可我顾不得了,跌跌撞撞地穿过街道,仿佛是瞎了眼,转过拐角,去克洛瓦奶吧。我知道我需要什么。

这地方如今空空荡荡,现在还没过中午呢。墙上也画满了大红色哞哞叫的奶牛,怪得很,柜台后面的人也没一个认识的。可我一说"牛奶,加料,大杯的",那个刚刮过胡子、瘦长脸的家伙立刻就心领神会。我端着我的大杯加料牛奶走进一个小包厢里,奶吧四周都是包厢,还用帘子与大厅隔开。我坐在豪华的椅子上,一口口啜。等我喝完了一大杯,感觉就来了,我眼睛紧盯着地板上从香烟盒里掉出来的一小块儿银箔纸,这地方打扫得可不怎么干净,哥们儿。那一小块银箔纸展开、展开、展开,变得无比闪亮耀眼,我不得不眯起眼睛来看。它展开得巨大无比,不但盖过了我躺着的这个小包厢,也盖过了整个克洛瓦奶吧,整条街道,整个城市,然后又盖过了整个世界,囊括宇宙万物,哥们儿。然后又变得如同大海,卷走了人们所想过、所做过的一切玩意儿。我听见自己哼着怪声,嘟囔着"亲爱的僵死游荡汉,不要在千变万化的伪装中腐烂"之类的狗屁胡话。之后,一片银光之中渐渐出现图形,从没有人见过这么奇特的色彩,我看见有一大群人像,从老远老远老远的地方,像是不断迫近,近了,近了,更近了,每个人从上到下,都通体金光闪闪,哦哥们儿啊,这可不就是上帝老头子和他全伙的天使和圣人吗?每个人都像铜像一样闪闪发亮,长着大胡子,撑开大翅膀,还在风中飘舞,所以他们也绝不可能真是石头或者青铜做的,何况眼眶里的眼珠子还左右乱动,活灵活现。这些庞大的家伙走得越来越近,越来越近,越来越近,好像会把我压倒,我听见自个儿"噫噫噫"一声叫唤,瞬间挣脱了一切——不管是衣服、身体、脑子、姓名,统统抛掉——这感觉妙极了,欲仙欲死。随即又传来四下里咣当破碎的声音,上帝老儿和天使圣徒们对我直摇脑袋,好像在说时间不多了,我必须再试一次。紧接着,万物都冷笑、大笑、崩溃,那老大一块温暖的光变冷了,我孤身坐在原处。桌上空空的牛奶杯,想大哭,想去死,这才是万物的根本奥妙。

正是如此,我非常清楚,此刻应当如何了结。但究竟怎么做我并不清楚,因为之前从没想过,哦哥们儿。在我装个人物品的小袋里有长柄剃刀,可一想到"呼哧"对自己捅刀子,鲜红鲜红的瓢子流出来,我就立刻觉得恶心坏了。我不想弄得如此惊心动魄,只想让鄙人如轻松睡着一般,了结此生,再也不给任何人找任何麻烦。我想,或许该去公共图书馆翻翻书,没准能找到一两本告诉我无痛自杀的最好方式。我还想,自个儿死后,大家该有多内疚。老头老太还有那个狗屎臭混蛋冒牌儿子乔,还有布罗德斯基大夫,布莱诺姆大夫,赖政内政部长,每一个人,还有大话熏天的狗屁政府。所以我一头扎进严冬,时候已经是下午了,将近两点钟,市中心的大钟上可以看得很清楚。看来我喝下牛奶嗨大的时间比料想的要长。我沿着玛格哈妮塔林荫大道向下走,转到布斯比大道,又绕过街角,就到了公共图书馆。这地方又旧又脏,我只记得当自己还是个很小很小的小屁孩儿时来过,当时恐怕还不到六岁。图书馆有两间屋,一间是借书室,一间是阅览室,里面全是杂志报纸,还有老东西们的气味,他们身上总是一股子又老又穷的臭味儿。他们要不就站在阅览室各处的书架前,抽着鼻子,打着酸嗝儿,自言自语,翻着书页伤心地读着新闻；要不就坐在桌前看杂志，心不在焉。有些老东西睡着了，还有一两个呼噜打得震天响。开始我忘记了来图书馆是要找什么，然后我猛地一惊，记起来自个儿来这是想找出怎样无痛死去。我漫步过书架，浏览那些参考资料，书很多，但哥们儿啊，没有哪本书的题目对路。我抽下一本医学书，打开一看，里面全都是照片和图片，描绘可怕的伤口和疾病，这立刻就让我有点恶心。我把书放回去，抽出了那本大书，或者说所谓的《圣经》，琢磨着这本书或许能给我些安慰，就像在国狱里的老时光一样（其实也没多老，只是感觉是很久很久以前的事儿）。我跌跌撞撞坐进一把椅子，埋头读书，可里面都是什么痛打七十乘七下，许多犹太佬破口大骂，互相殴打，让我想吐。我几乎掉下泪来，于是我对面的那衣衫破烂的老朽问道：

"你怎么了，孩子，有什么问题？"

"我就想死，"我说，"我受够了，没错，说实话。生命对我太沉重了。"

我旁边那个正埋头苦读的老东西说了声"嘘"，甚至都没抬头看我，他在读一本满是图片的傻瓜杂志，似乎是关于什么老大块几何体的东西。这让我心中突然咯噔了一下，此时另一个老东西又说：

"对你而言，谈死为时过早了吧？你还有大好的前程呢！"

"可不是，"我说，满腹苦水，"前程大好，就像一对假奶子。"那个读杂志的家伙又说"嘘"，这次他抬起了眼睛，电光石火之间，我

突然想起了他是谁,此时他也开了口,声如雷鸣:

"老天有眼,我见人是过目不忘。老天有眼,我看什么都过目不忘。你这个小猪猡,可算是让我抓到你了。"结晶学,没错,那天晚上,正是他从图书馆里借出来这方面的书,假牙被踩得稀烂,衣服被扯掉,书被撕碎,全都是关于结晶学的书。我想,我最好是赶紧逃命,哥们儿啊,可那个老不死的老东西,已经站起身来,对所有在墙边报纸架旁大咳特咳的老东西,对坐在桌前摊开的杂志上打瞌睡的老东西,发疯一样大吼道:"抓住他了,这个黑心的小猪猡,就是他撕碎了结晶学的书,那些书原本就很难找,如今更是哪里也找不到了,"老东西喊得石破天惊,好像气得丢了魂,"那些胆小的、凶狠的兔崽子,这人又是其中最棒的。"他大喊道,"如今落到了我们手里,听我们处置。他和他那一伙人,揍我,踢我,捶我,把我的衣服扒光,扯掉了我的假牙,我血流满地,哀号惨叫,他们还哈哈大笑,他们把我一路踢走,我真是眼冒金星,一丝不挂啊!"他可有点夸大其词,你知道的哥们儿,我们还给他剩了几件衣服,谈不上一丝不挂。我也高喊哀求道:

"事情都过去两年了,我已经罪有应得了,得到了教训。你看你看,报上还有我的相片呢。"

"罪有应得,嗯?"一个退伍老兵模样的老东西说,"你们这群渣滓就该被灭绝,就像灭害虫一样,还说什么罪有应得。"

"好吧,好吧,"我说,"这事见仁见智。请大家原谅,我得走了。"我抬脚想走出这个挤满了发疯老头的地方。阿司匹林，对啊，吞一百片阿司匹林就能嗝屁，从老药店里就能买到。可那个结晶学的老头大喊道：

"别让他溜了，我们得好好教教他什么才是真正的惩罚。这个杀人不眨眼的小猪猡，抓住他。"你爱信不信，不信也随你便，两三个颤颤巍巍的老朽，都是些超过九十岁的老瓢子，抖着老手抓住了我。这些行将就木的老东西身上那股又老又病的臭气熏得我想吐。那个结晶学的老东西已经堵住了我，一拳一拳无力地砸在我脸上。我想挣脱出来跑掉，但这些老胳膊老腿倒把我抓得很紧，更有其他看杂志的老东西也一瘸一拐地过来，好在鄙人身上试试拳脚。他们高喊着"杀了他，踩死他，干掉他，把他的牙齿踢掉"这类狗屁话。我现在可算看清楚了，这是老迈对青春的报复，正是这样。有人还喊道："可怜的老杰克，他几乎弄死了可怜的老杰克，就是这个小猪猡。"听上去好像事情就发生在昨天似的，我想，对他们而言也不过是昨天而已。老东西们人山人海，臭气熏天，鼻涕横流，双拳直颤，虎爪锋利，争先给我来一拳，对我大喊，直喷粗气，急先锋就是我们那位结晶学的老东西，一拳又一拳，我连个指头也不敢动，哦，哥们儿。此刻，遭人打也比想要呕吐、疼得死去活来要强。当然了，此刻由于我正遭受暴力，这一样让我觉得恶心感呼之欲出，正等着一泻千里，大展神威。

然后管理员也来了，一个年轻的家伙，他大喊道："这是在干什么?立刻住手。这儿可是阅览室。"可根本没人听他的。于是管理员说:"好啊,我这就去报警。"我便高喊起来,真是八辈子也没想过我居然会喊出这样的话:

"对对对,赶紧报警,保护我别遭这些疯老头的打。"我看出管理员其实并不是急着拉架,好从狂怒发疯的老头魔爪中救我出来。他只是挤出人群,回了自己的办公室或者是去打电话。老头们大口喘着粗气,我觉得只需要轻轻一拨,他们就会全部倒地。可我宁愿心平气和地让老手紧紧按着我,闭上眼睛,用脸去接绵软的拳头,还听见呼哧喘气的老东西们喊叫:"小猪仔,小杀人犯,流氓,恶棍,干掉他。"紧接着,我的鼻子上吃了一记重击,于是我自语道"去死去死",睁开双眼,用力挣脱,根本没费多大力气,哥们儿。我一边吼,一边挣脱人群冲到阅览室外面的过道里。那些要报仇雪恨的老东西还紧追不舍,上气不接下气,禽兽一样的利爪直抖,想要抓住你们的朋友鄙人。接着我就被绊倒,一头栽倒在地,被人踢来踢去,然后听到一个年轻人的声音大喝道:"好了,好了,快住手。"我知道,警察终于来了。

3

哦哥们儿啊,我两眼昏花,看不太清楚,但我认准了这些条子我曾在什么地方见过。那个按住我的家伙站在公共图书馆的大门口,口中念着:"好了好了好了。"此人我原本就不认识,不过在我看来,当条子他显得太嫩了。但是另外两个,看背影我肯定是见过的。这两人正挥着鞭子猛抽,把那些老东西打得不亦乐乎,浑身起劲,小鞭子挥舞得呼呼直响,还叫喊道:"吃我一记,你这坏小子,看你还敢不敢造反,打搅国家的安宁。该死的恶棍。"他们把这群直喘粗气、哼哼哧哧、像要断气一般的老复仇者们赶回阅览室,这才转过身来看我,依然乐得满脸大笑。两个条子中那个年纪稍大点的说:

"哎哟哎哟哎哟哟哟,这不是小阿历克斯吗?有日子没见了,伙计,还好吗?"我本来就头昏眼花,此人穿着制服,又戴着硬壳或者说警盔,我看不清楚是谁,但他的脸和嗓门倒是让我感觉非常熟悉。

我又去看另一位,这人傻呵呵的脸上满是狞笑,我绝不会看错。此刻,我尽管更加昏沉麻木,还是又转头看了那个哎哟哎哟哟哟的家伙,那正是死胖子比利仔,我的老对头。另一个自然就是丁蛮,他曾经是我的属下,也是臭死胖子淫荡比利仔的对头,可他如今也是个条子,穿着制服,顶着硬壳,挥着鞭子维持秩序。我说:

"哦,不。"

"大吃一惊,是不是?"老丁蛮爆发出一阵我记忆犹新的狂笑,"嚯嚯嚯。"

"这怎么可能?"我说,"绝不可能,我不相信。"

"老眼所见为实,"比利仔狞笑道,"这可不是忽悠你,也不是变戏法,伙计。人到了年龄,自然就会找工作,我们这不是当了警察。"

"你年纪不够,"我说,"差得老远了,他们可不会找你这样小屁孩去当条子。"

"如今可不年幼了。"条子老丁蛮说。我还是想不通,哥们儿,我就是想不通。"我们曾经是小屁孩儿,小跟班,至于你嘛,又是最年轻的,可看看我们如今的样子。"

"我就是不相信。"我说,然后比利仔,那个让我想不通的条子比利仔对那个按着我的陌生小条子说:

"我想要不这样处理吧,雷克斯,我们应当来个就地执法,小伙子总归是小伙子,改不了脾性的,咱也不用总是走老一套的警察局流程。这家伙总是搞这一套,我们都记得很清楚,不过你当然是记不得的。他老是袭击年老的、手无寸铁的人。别人都是正当防卫。但我们还是得以国家的名义来主持公道。"

"这是要干什么?"我说,简直不敢相信我的耳朵,"是他们先动手的,兄弟们,你怎么会站在他们那边?这不可能,这绝不可能。这个老东西就是我们之前曾经捉弄过的,如今过了这么久,他居然还想报报小仇。"

"可不是过了这么久,"丁蛮说,"我不记得那日子了,记不太清,也别叫俺丁蛮了,别叫,叫我警官,你得这么叫。"

"不过记得的也不少,"比利仔依然点着头,他比以前苗条一些了,"比如有个坏孩子爱耍弄长柄剃刀,这种人可得严加管教。"他们死死地抓住我,把我押到图书馆外头,那里等着一辆条子的巡逻警车,司机就是那个他们叫雷克斯的小伙子。他们把我推上了汽车的后座,我禁不住感觉这一切其实都是在开玩笑,丁蛮最后肯定会把那个硬壳一把扯掉,嚯嚯嚯大笑。可他没有。我努力地压下内心的惊恐,说道:

"对了,老彼特,老彼特怎么样了?乔奇的事情真让人伤心,"我说,"我都听说了。"

"彼特,哦,彼特,"丁蛮说,"好像记得这个名字。"我发现车子开出了城,就说:

"我们要去哪儿?"

比利仔从前座转过身来说:"天还亮着呢。我们开车到乡下去,那里冬天光秃秃的,四下没人,很漂亮。让城里人看到太多我们现场执法的场面,有时候也不太好,必须得出奇招保持市井安宁。"他又转回身去。

"得了吧,"我说,"我真是搞不懂,过去的日子就过去了,不再回来了。我过去做过坏事儿,已经得到惩罚了,我已经被治愈了。"

"这些都给我们读过了,"丁蛮说,"上级都给我们读过了,说这办法好得很。"

"给你读过了,"我说,心怀小小的挖苦,"你这笨伯还是不识字,是不是,兄弟?"

"可别说了,"丁蛮说,一副非常温和与惋惜的模样,"别这么说话了,再别这样了,哥们儿。"说着,他在我的嘴巴上大大地打了一记,鲜红鲜红的鼻血马上就滴答滴答滴答流下来。

"你从来就没有相信过我,"我十分痛心,用手去抹掉红瓤子,"我从来都是孤身一人。"

"这儿就行了。"比利仔说,我们已经开到了乡下,四面都是光秃秃的树干,几声模糊单调的鸟鸣声,远处还有农机在突突作响。四下里都是黄昏,正是隆冬季节,没有人,也看不见动物,只有我们四个。"出来,阿历克斯小子,"丁蛮说,"给你整点现场执法。"

他们动手的时候,司机就坐在汽车的方向盘前,点着一支烟,随意看书,他打开了车里的灯,好照亮书页。比利仔和丁蛮对鄙人下了什么毒手，他毫不关心。我也不想描述他们究竟做了什么，无非是直喘粗气，砰砰捶人，还有环绕四周的突突作响的农机声，光秃秃或说赤裸裸的树干间咕叽咕叽咕叽的鸟鸣声。我看见一阵阵烟雾吐出，被车灯照亮，那是司机在安安静静地翻着书页，他俩则拳打脚踢，哦哥们儿啊。最后，比利仔或者丁蛮，我不知道究竟是谁说了一句："差不多了，哥们儿，我觉得可以了，你呢？"然后他们又各自在我脸上打了一拳，我四仰八叉，倒在草地上。天气很冷，可我一点儿也不觉得冷。他们拍拍手上的灰，又把刚才脱掉的硬壳儿和外衣穿戴上，走进了汽车。"咱们后会有期，阿历克斯。"比利仔说，丁蛮又爆出一阵招牌式的小丑般的边号边笑。司机读完了那一页，把书放回去，发动了汽车，他们开车回城去了。我的前伙计和前对头还向我挥手告别，可我依旧躺着，浑身酥软，裹着破衣烂衫。

又过了一会儿，我才觉得浑身疼得厉害。开始下雨了，冰冷冰冷的，四下都看不见人，也没有房子的灯光。我该去哪儿呢？我既没有家可回，兜子里也没多少票子了，我哇呜呜地为自己抹了会儿眼泪，这才爬起身来，走开了。

4

家,家家家,我想要回家,结果我就来到了"家"门口,哥们儿。我在暗夜中挪动,没有走回城的道路,倒是走向了刚才那台农机突突作响的方向。这么地,我就走到了一个小村庄,感觉自己似乎来过,但或许是因为所有的村庄看起来都差不多,特别是在夜里。有一些房子,还有一栋似乎是家酒馆,村子的尽头有一栋小农舍,孤零零的,我能看见主人的名字在门上亮闪闪的。"家",名字是这个。天上下着冰雨,我浑身滴水,我的衣服早就不再时髦了,而是一塌糊涂,可怜透了。我的"八千快活丝"也湿透了,如同乱糟糟的狗屎,胡乱盖在脑门上。脸上也肯定都是伤口和瘀青,几颗牙齿用舌头或者口条一舔就摇晃松动。我浑身酸疼,渴得要命,不得不把嘴巴张开接冰冷的雨水喝,我的肠胃一直在咕咕哀号,本来早上吃得就不多,之后又没吃什么,哦哥们儿啊。

家,牌子上写着,或许这里有人愿意帮我一把。我打开大门,

165 摇摇晃晃地沿着小径走下去,雨水变得冰冷,我轻轻地、有气无力地敲门。没人来应,于是我敲得稍微更响也更久了一些。然后我听到了脚丫子向门口走来的声音。门打开了,一个男人的声音:"是谁啊?"

"哦,"我说,"行行好吧。警察把我暴打了一顿,又把我丢在路上等死。哦,请给我点喝的,让我在火边坐一会儿暖暖身子。求你了,先生。"

大门完全敞开了,我看见里面有温暖的灯光,还有炉火在噼啪作响。"快进来,"那人说,"不管你是谁,上帝会帮助你,可怜人,快进来,让我来照看你。"于是我跟跄着进去,这倒不是我装模作样,哥们儿,我真是感到筋疲力尽,完蛋了。这个好心人双手抱着我的肩膀,将我推到屋里的炉火边。我当然马上就知道炉火在哪儿,为什么门上那个"家"的牌子如此熟悉。我看着这个家伙,他则热心地看着我,这人我如今完全记起来了。可他肯定记不得我,在那些无忧无虑的日子里,我和我所谓的手下们戴着面具,化装得天衣无缝,大打出手,瞎胡闹,顺东西。他是个中年的小个子,三十、四十或五十岁,戴着眼镜。"去火边坐下,"他说,"我给你弄点威士忌和热水来。可怜可怜可怜,被什么人打成这样。"他悉心地看了看我的头和脸。

"是警察打的,"我说,"就是那些要命的、该死的警察。"

"又是一个受害者,"他说,微叹一声,"现代社会的受害者。我去给你拿威士忌,然后还得清理一下你的伤口。"他走了,我四下看了看这个小小的、舒服的屋子。屋里如今只有书,还有几把椅子,能看得出来,如今没有女人住在这里了。桌上有一台打字机,乱堆着一大沓稿纸,我记起来这个家伙还是个作家呢。《发条橙》,他当时写的是这个。这事居然闯进脑海,这真滑稽。我可不能露馅,我正需要他发善心,帮助我呢。那些可怕的臭恶棍在那可怕的小白屋里对我使坏,让我如今不得不需要人家的善心和帮助,更逼得我想要发善心,帮助别人,还生怕别人不接受。

"来了。"这家伙回来了,他给了我满满一玻璃杯热水来提神,我感觉好多了,他又清理了我脸上的伤口。然后他说:"你去好好洗个热水澡,我给你放水,你洗澡时,我给你做一顿美味的热饭,咱们边吃边慢慢聊。"哦我的哥们儿啊,他的好意让我几乎抹眼泪,我想他也看到了我眼睛里面的泪花,因为他说"好啦好啦好啦",还轻拍我的肩膀。

总之,我走上去,洗了个热水澡。他还准备了睡衣和外袍让我穿上,这些都在炉火边烘过了。还有一双磨软了的袜子。此刻,哥们儿,尽管我疼得厉害,浑身是伤,但我也觉得自己正在飞速地恢复元气。我走下楼去,看到他正在厨房里摆盘,有刀叉,还有一大块面包,以及一瓶普力马果酱,很快他还端上了一盘炒蛋疙瘩、几大片火腿、塞得滚圆的香肠,还有老大一杯滚热的奶茶。暖和和地走下来,吃饭,这太好了,我也真是饿了,吃完炒鸡蛋,我还一片又一片地大吃面包和黄油,还从一个大瓶里舀草莓酱抹在面包上。"缓过来了,"我说,"真不知如何报答大恩大德。"

"我想,我知道你是谁,"他说,"如果你的确是那位,我的朋友,那你可算是来对了地方。今早的报纸上是不是登了你的照片?不正是你遭了那可怕新技术的毒手吗?若是如此,你来这里也算自有天意。监狱折磨你,又将你交付到警察毒辣的手里,我是心存恻隐啊,可怜的苦命孩子。"哥们儿,我一句话也插不上,尽管我大咧着嘴巴,打算回答他的问题。"你也不是第一个落难来投奔我的,"他说,"警察特别喜欢把人带到这个村的野地里折磨。同是天涯沦落人,你来找到我,可算冥冥中自有天意。或许,你曾经听说过我?"

我可得当心,哥们儿,我说:"我听说过《发条橙》。但没读过,不过听说过。"

"哦,"他说道,面孔容光焕发,活像早上八九点钟的太阳,"说说你的情况吧。"

"也没什么可说的,先生,"我说,低声下气,"原本只是想搞一个愚蠢、幼稚的恶作剧,我所谓的朋友们教唆我,还不如说逼着我闯进一个老太婆家里——哦,是老女士。我原本就不想下手。但可惜这位老女士要拼命赶我出去,结果崩坏了她的老心脏,其实我自己也准备出去的,结果她就死了。我被判定造成她死亡,于是就坐牢了,先生。"

"是是是,继续。"

"然后内政或者赖政部长就选中了我来试试那个什么路多维

可玩意。"

"仔细说说。"他说，颇有兴致地俯过身来倾听，我刚才把盘子推到一边，倒弄得他套衫手肘上都沾满了草莓酱。我于是和盘托出，我说了老长一串，事无巨细，哥们儿。他听得很认真，眼珠子闪闪发亮，嘴唇瓣子咧开，盘子上头的油腻都结了硬壳。等我终于说完后，他站起身来，一个劲点头，嗯嗯着，从桌子上收拾起盘子和其他杂物，端着去放到洗碗池里。我说：

"让我来洗吧，先生，我很乐意。"

"你休息吧，休息，可怜的孩子，"他说着，拧开龙头，热气扑腾上来，"你的确有罪，我想，可绝对罪不至此。他们将你变成了非人。你无法自己选择。你只能做社会认可的事，就像一台专做好事的小机器。我一眼即知——都是些改造人类到了极限的把戏，音乐和性爱，文学和艺术，这些对你都不再是快乐之源，反是痛苦之渊。"

"对极了，先生。"我说着，抽着这位好人的软木过滤嘴香烟。

"他们总是矫枉过正，"他说，若有所思地擦着一只盘子，"可动机立意就已经犯下大罪。一个不能选择的人是不可称之为人的。"

"老牧也是这么说，先生，"我说，"哦，我是说监狱牧师。"

"是不是，他也说了？他当然会说。他不能不说，不是吗，他是个基督徒。好吧，那么，"他说着，依然擦着那只十分钟前就开始擦的盘子，"明天我会请一些人来看望你。我想，你也能出点力，可怜的孩子。我想你能出力帮忙掀翻这个蛮横的政府。将一个好好的小伙子变成一台发条机器，无论如何，任何政府都不该为此得意。除非是一个专事镇压人民并以此为荣的政府。"他依然擦着那只盘子。我说道：

"先生，你擦的始终是一只盘子。关于以此为荣的说法，我同意你，先生。政府看起来光荣得很呢。"

"哦，"他说，这才头一回看看手中的盘子，放了下去，"我还不太熟练，对家务活这些零碎事，"他说，"我妻子以前都包办了，让我专心写作。"

"你妻子呢，先生？"我说，"她出走了，留下你一个人？"我很想知道他妻子怎么了，那记忆依然很鲜活。

"是的，留下了我一个人，"他没好气地提高了嗓门，"她死了，知道吗？她惨遭强奸和殴打。真是惨绝人寰。就在这栋房子里，"他的双手颤抖，紧攥着洗碗布，"就在隔壁屋。我不得不硬下心肠，才能继续住在这里，她也会希望我留下，这里她的香气依然挥之不去。是啊是啊是啊。可怜的小丫头。"我的哥们儿啊，那个遥远的夜晚真是历历在目，看见自个儿在干那脏活儿，我马上就感觉犯恶心，脑袋里开始猛痛。那家伙看出来了，因为我的面孔似乎瞬间就被抽干了红红的瓢子，白得像纸，连他也看得出来。"你上床去休息吧，"他好心地说，"那间客房已经收拾好了。可怜的苦命孩子，你吃了很多苦。现代社会的受害者，就像她一样，可怜的可怜的苦命丫头呀。"

5

我美美地大睡了一觉,哥们儿,一夜无梦,早晨很清爽,有点冷飕飕,楼下还飘来煎炸的香味。老规矩,我有一会儿工夫不记得自己在哪儿;可我马上明白了,觉得温暖又安心。当我躺在床上,等着人家叫我下去吃饭的工夫,我突然想到,我还不知道这个呵护我、像老妈一样的家伙叫什么,于是我赤脚踩着垫子,去找那本《发条橙》,那上头肯定有他的大名,他是作者嘛。我的卧室里就只有一张床,一把椅子和一盏灯,于是我进了那家伙的卧室里瞅瞅,在墙上看到了他妻子,一张被放大的大照片,我想起往事,一阵恶心。房间里还有两三架子书,我就知道那里肯定有一本《发条橙》,果不其然。书的背后和书脊上都写着作者的大名——F.亚历山大。老天爷,我想,他也叫阿历克斯。我草草地翻看那本书,穿着睡衣,赤着脚丫,却一点都不冷,这间小宅到处都很热和,我看不懂这书到底要说什么。语句写得很癫狂,充斥着"啊""哦"之类的狗屁,这书似乎在说,如今每个人都被搞成了机器,其实大家,也就是你、我、他,管你信不信,大家本都是自然的造物,活像水果。F. 亚历山大似乎觉得,我们都是所谓世界树上的果,这树和其他的世界树一块儿栽在上帝或者老天爷的世界果园中,我们活着,是因为上帝或者老天爷需要我们来挥洒他们的善心,总之是这类狗屁话。我一点都不喜欢这类腔调,哦哥们儿啊,我觉得这位F. 亚历山大实在疯得可以,或许是他妻子嗝了屁,才把他逼疯了。此时他叫我下楼,声音很正常,充满了欢乐、关心之类的狗屁玩意,鄙人就走了下去。

"你睡了很久,"他说,舀出煮鸡蛋,从烤架下取出烤焦的面包,"都快到十点钟了。我几个小时前就起床了,一直在工作。"

"要写新书吗,先生?"我问道。

"不不,这倒不是。"他说。我们舒坦而又亲密地坐下,咔嚓咔嚓咔嚓嚼着鸡蛋,嘎吱嘎吱嚼着黑面包,老大的早餐杯里盛满了茶,里面加了很多奶。"我是和一些朋友打了电话。"

"我还以为你家没有电话呢。"我说,用勺子舀着鸡蛋,根本没留心自己在说什么。

"为何?"他说,十分警觉,如同一头迅猛的野兽,手里还攥着蛋勺,"你为什么会觉得我家里没电话?"

"不为什么,"我说,"没什么,没什么。"我内心嘀咕,哥们儿,对于那个遥远的夜晚一开始的情况,我不知道他还能记得多少。

当时是我去敲门,编那一套谎话,请他们打电话给大夫,她说家里没电话。他眼光锐利地瞧了我一下,可转眼又重新变得和善、开心,勺子里舀满了鸡蛋黄,边大吃大嚼,边和我说道:

"有些人可能会对你的情况有兴趣,我给他们都打了电话。你或许是一个极具威力的武器,明白吗,能确保这个邪恶而无耻的当局在即将到来的大选中大败而归。你看,当局极力鼓吹的,正是这几个月来其打击犯罪的策略。"在蒸蛋疙瘩的热气之中,他抬起眼,死死地看着我,我又担心起来,他是不是想起了我究竟对他的一生造过什么孽。可他又说道:"一面征发野蛮的青年暴徒去当警察,一面倡导让人意志消磨、形销骨立的驾驭治理之术。"他满嘴都是文绉绉的词,哥们儿,眼睛里倒有一团如疯似狂的火焰。"这本不是新鲜事,"他说,"也是拾其他国家的牙慧。所谓大风起于青蘋之末,让我们不知不觉中,坐视极权政府磨利了爪牙。""要命要命真要命。"我咽鸡蛋,嚼面包,一边想着。我说:

"那我在其中有什么用处呢,先生?"

"你嘛,"他说,依然是那副癫狂模样,"对于政府如此穷凶极恶的措施,你就是个活人证。人民,普罗大众,必须知道,必须看到。"他放下早餐,站起身来,在厨房里来回踱步,从水池走到食品柜,声如雷鸣:"人民会希望他们的子女也如同你,可怜的受害人,一样受到如此虐待吗?政府岂不是把握着判定犯罪的权柄,但凡有稍微逆之者,必夺其命,拔其魂魄,厄其心志而后快?"他稍平静了一些,却也没回到桌前吃鸡蛋。"我已经撰文一篇,"他说,"就在今天早上,当你还在睡梦中之时。一两天内,此文就会和你悲惨的照片一起刊出。你也得签名,可怜的孩子,这是他们对你作恶的罪证。"我说:

"你做这些能得到什么呢,先生?我是说,除了写那个什么文章得到的一点点小钱之外?我的意思是,请容我大胆问一句,你为什么这么有干劲,这么强烈地反对当局?"

他紧攥着桌子边角,牙关咬得格格响,露出肮脏不堪、满是烟垢的牙齿:"总要有人挺身而出。自由的伟大传统必须有人捍卫。我并非党同伐异,但路见不平,必除之后快。党争毫无意义。自由的传统则重于泰山。庶民们毫不珍惜这一传统,是啊,他们为了生活安宁就会把自由甩卖。因此,必须鞭策他们,鞭策——"此刻,哥们儿啊,他拾起一把叉子,狠狠地向墙上猛戳了两三次,叉子都给戳弯了。他将叉子扔到地上,和气地说:"慢慢吃,可怜的孩子,现代世界可怜的受害者。"我看得很分明,他已经神经兮兮了。"吃吧,吃吧,把我的鸡蛋也吃掉。"可我说道:

"那我又能从中得到什么呢?能治好我现在的症状吗?能让我再听老合唱交响乐而不会恶心吗?我还能过上正常人的生活吗?先生,我究竟会怎么样?"

他盯着我看,哥们儿,似乎从来就没想过这一桩,可不是,我的命运和自由这类狗屁比起来不值一提,我说这话倒让他一脸惊诧,似乎我太自私,竟然还想为自己谋点福利。于是他说:"哦,我不是说了吗,你是一个活人证,可怜的孩子。把你的早餐吃干净,过来看我写的文章,这篇会发在《每周号角》上,署你的名,你这可怜的受害者。"

哥们儿,他写了一篇长得要命、让人伤心落泪的文章,文章里那个可怜的小伙子诉说着他的遭遇,政府如何让他意志消沉,大家又如何必须万众一心,才能不让这个腐烂的、邪恶的政府再掌权压迫人民。我一边读,一边为他伤心,此刻我自然明白,原来那个可怜的、苦命的小伙子不是别人,正是鄙人我。"写得真好,"我说,"屌爆了,码字码得真牛×,先生。"他将眼睛眯成一条缝看我,说道:

"什么?"

"哦,我说的是所谓纳查话。所有十来岁的人都说这套话,先生。"我说。

他随后去厨房,刷洗碗筷,留下我独自一人穿着借来的睡衣,套着拖鞋待着。不管会对我做什么,我都只有恭候,我对自己一点想法也没有,哦我的哥们儿啊。

当伟大的F.亚历山大还在厨房忙活的时候,门铃叮个铃个咚地响了。"啊,"他大叫道,擦着手跑出来,"他们来了。我去开门。"他去开了门,迎客人进来,走廊里动静很大,嘀嘀嘀地笑,聊天,打招呼,什么鬼天气如何如何,事态又如何如何,他们走进我这间屋里,屋里有炉火,有书,还有那篇描写我遭遇的文章。他们进屋时一眼看到我，口中便哎呀呀地叫唤。一共来了三个人，F. 阿历克斯介绍了他们的名字。Z. 多林喘粗气，烟不离手，嘴里咬着个烟屁股，还咔嚓咔嚓咔嚓地咳嗽，弄得衣服上落满了烟灰，又很不耐烦地用手掸掉。他矮胖胖的，戴着厚框眼镜。还有一个叫什么什么鲁宾斯坦，很高，人也很绅士，一口上等人的腔调，老态龙钟，蓄着圆圆的山羊胡子。最后一个是 D. B. 达席尔瓦，快手快脚，身上有一股很浓的香水味。他们都上上下下地打量着我，看起来我让他们兴高采烈。Z. 多林说：

"好极了，好极了，嗯？他真是个绝妙的武器，这个孩子。不过，若要说美中不足，他若是能显得更加疲弱，甚至更如同行尸走肉，那就真太妙了。一切为了大业。我们当然能想出办法来实现的。"

我可不喜欢什么行尸走肉之类的话，哥们儿，于是我说："怎么了，哥几个？对老铁俺你们揣着什么花花肠子？"此时 F. 亚历山大猝不及防地打断我的话头：

"奇怪啊，真怪，你这嗓音扎得我心痛。我们之前肯定打过交道，我肯定。"他沉思着，皱起眉头。我可得说话留神，哦哥们儿啊，D. B. 达席尔瓦说：

"主要是民众集会。你在民众集会上现身说法，将会有极大助益。此外，报纸的宣传已经统一口径。就是要讲当局毁了你的一生。我们必须让所有人都心生怒火。"他露出整齐的三十多颗大

牙,黑脸白牙,看上去像个老外。我说道:

"可没人告诉我,我能从中得到什么。被监狱折磨,被自己的父母和那个该死的、得意洋洋的房客踢出家门,被老年人痛打,又几乎被条子们活活弄死,我的下场究竟会怎样?"那个鲁宾斯坦插话说道:

"你不用担心,孩子,党绝不会过河拆桥。哦,不会的,等一切都尘埃落定,自然会给你一些适当的小惊喜。你只管等着就好。"

"我只要一个事体,"我大喊出来,"就是让我同以前一样,正常又健康,让我能和真正的兄弟们一块儿热闹热闹,而不是和那些自称兄弟,结果却是叛徒的家伙们厮混,这一点你们能做到吗,嗯?有什么家伙能让我变回原型吗?我只想要这个,只想知道这个。"

咔嚓咔嚓咔嚓,Z.多林大咳特咳。"你是自由大业的殉难者,"他说,"你有你的职责,别忘记了。与此同时,由我们来照顾你。"他还轻轻拍拍我的左边巴掌,好像把我当白痴,还傻傻地咧嘴大笑。我大叫道:

"别把我当作一次性的工具。我可不是任凭你们摆布的白痴,蠢混球们。一般蹲大狱的都很蠢,但我可不是一般人,心眼也不一定蛮。听明白了?"

"丁蛮,"F.亚历山大沉吟道,"丁蛮。我在哪儿听过这个名字。丁蛮。"

"呃？"我说，"这和丁蛮有啥关系？你怎么也认识丁蛮这人？"然后我自语道，"哦，老天爷救命啊。"因为 F. 亚历山大的眼神让我心悸。我走向大门，打算上楼去穿上衣服逃跑。

"这真叫我难以置信，"F. 亚历山大说，龇出满嘴肮脏的牙齿，眼里一片疯狂，"但怎么可能。基督在上，如果真是他，我就活活撕了他。我会叫他五马分尸，上帝做证，是的是的，我绝对会。"

"好了，"D. B. 达席尔瓦说，轻抚着他的胸膛，就和哄小狗一样，"事情都过去了，和他完全不搭界。我们得帮助这个可怜的受害者。这才是当务之急，要记住未来和我们的大业。"

"我去套个行头，"我说，走上楼梯，"我是说衣服，然后我就自个儿一人，乖乖把自己扫地出门。我是说，非常感谢诸位，可我还得过自个儿的小日子呢。"哥们儿，此刻我得赶紧溜出去。但 Z. 多林说：

"啊，那可不行。我们都已经到手了，朋友，就得把你留下。你和我们一道。一切都会顺顺当当的，你看着好了。"他走上来，又紧紧攥住我的手。此时，哥们儿，我倒是想大打出手，可一想到拳脚，就让我头重脚轻犯恶心，于是我老实站着。此刻又瞧见 F. 亚历山大眼睛中疯狂的怒火，于是我说道：

"随便你们怎么说吧，我落在你们手里了。那就让我们速战速决吧，哥们儿。"此刻我只想赶紧离开这个叫"家"的鬼地方。F. 亚历山大的眼神已经让我有点吃不消了。

"好的，"那个鲁宾斯坦说，"去穿衣服吧，我们这就上路。"

"丁蛮，丁蛮，丁蛮，"F. 亚历山大一个劲地低声念叨，"这个丁蛮究竟是谁，是什么人？"我忙不迭地爬上楼，不到两秒钟就换好了衣服，随后就和这三个人一同出来，上了辆汽车，一边是鲁宾斯坦，一边是咔嚓咔嚓咔嚓咳嗽的Z. 多林，D. B. 达席尔瓦开车，我们进了城，来到一片公寓楼区，距我曾经住过的那小公寓或者说家也没多远。"到了，孩子，下车吧。"Z. 多林说，用力咳嗽，弄得嘴里咬的烟头又红又亮，活像是个小火炉。"我们就把你安置在这儿了。"我们走进去，门厅墙上也有一幅所谓劳工庄严的鬼画符，我们坐电梯上楼，哥们儿，然后又进了一间公寓，和城市里所有公寓楼里的所有公寓都一个模样。小得可怜，两间卧室，还有一间则是起居室、餐厅、工作室集于一身。桌上放满了书和报纸，还有墨水、水瓶这堆破烂。"这儿就是你的新居了，"D. B. 达席尔瓦说，"安顿下来吧，孩子。食物在碗橱里。睡衣在抽屉里。休息吧，休息，惴惴不安的生灵啊。"

"啥？"我说，其实没太明白他说了什么。

"好了，"鲁宾斯坦说道，老态龙钟的腔调，"我们走了。还有工作有待完成。我们晚些再来，在此期间，你好自为之吧。"

"还有件事，"Z. 多林咔嚓咔嚓咔嚓地咳嗽着，"我们的朋友F. 亚历山大深受痛苦回忆的煎熬，那件事你其实清楚的吧？莫非，是不是有可能——？也就是说，其实是你——？我想你明白我的意思。

这话题我们就此打住,不用再提。"

"可我也遭了报应了,"我说,"老天爷知道,我真是遭了报应的。我不仅背了自己的罪过,还得替那些自称我哥们儿的混球背罪过。"我怒气上来,顿时感到有些恶心。"我得去躺一会,"我说,"我真是吃够了可怕的、可怕的苦头。"

"的确如此,"D. B. 达席尔瓦,笑得露出满嘴三十多颗大白牙,"一点没错。"

他们撂下我一个人走了,哥们儿。去忙自己的营生了,我猜是去搞政治那一类的狗屁玩意,我躺到床上,自个儿一人,四周一片寂静。我躺着,鞋子从脚上踢落,领带松到一边,心里困惑得很,也不知道自己今后会过上什么样的小日子。往事一幕一幕如同放电影般扫过脑海,比如那些我在学校和国狱里认识的各色人等,我碰见的各种事,我还想着,在这老大的花花世界上,真是一个人都信不过,等等。如此便打起瞌睡来,哥们儿。

醒来时,我听见墙那边传来音乐声,很大声,正是这音乐将我拽出了瞌睡。这首交响乐我很熟悉,却有好些年没听过了,正是《第三号交响曲》,作曲的是那个丹麦人奥托·斯卡德里格。一首洪亮、狂热的作品,特别是第一乐章,眼下放的正是这一章。我满怀兴趣和喜悦地听了不过两秒钟,反应就排山倒海地来了,疼痛又恶心,我五脏六腑都疼得钻心。可怜我本人,原本如此钟爱音乐,如今却从床上滚下来,口中"哦哦哦"唤着疼,在墙上"嘭嘭嘭"地捶,高喊道:"快停下,停下,关掉!"但音乐照放不误,似乎还更大声了。我猛砸着墙,砸得指关节上全都是鲜红鲜红的瓤子,皮也扯掉了,我大喊大叫,但音乐依然没停。我想,得赶紧逃命,于是我跌跌撞撞地冲出这间小卧室,飞快地扑向公寓的大门,但大门从外面反锁住了,出不去。此时,音乐声变得越来越震耳,似乎纯粹是在故意折磨我,哦哥们儿啊。我将手指狠命地塞进耳朵眼里,但长号和铁鼓的巨响无可阻挡。我再次大叫,请求他们关上,在墙上一个劲砸砸砸,可一丁点儿用都没有。"哦,我该怎么办啊?"我自个儿号啕大哭,"哦,老天爷在上,救救我。"我在公寓里四处乱转,又疼痛,又恶心,想要把音乐挡住,五脏六腑又都在哀号,正在此刻,我在桌上那一堆书和报纸等破烂玩意上面,看到了我一定要做的那件事,要不是在公共图书馆那一群老头还有套着警皮的丁蛮和比利仔妨碍了我,我原本早就动手了,就是自我了结,把自己弄嗝屁,和这个邪恶又残酷的世界痛快地说个拜拜。我在一本手册上头看到了"死"这个字眼,虽然那标题其实是"让政府去死"。像是命中注定,我又看到一本小书,封面上画着一面敞开的窗户,还写着:"打开窗户,放入新风、新思想、全新的生活方式。"我明白,这就是告诉我跳出窗外,一了百了。疼痛一瞬间,或许吧,然后就永远永远永远安息。

音乐还在狂泻,鼓号齐鸣,小提琴破墙而入,我刚才躺着的小屋里,窗户敞开着。我走过去,向下看,汽车、公交车和步行的家伙在下面很远。我对世界高呼道:"永别了,永别了,你们逼出了人命,看老天爷会不会饶过你。"说完,我站上窗台,音乐依然在我左边轰鸣,我闭上眼睛,感觉到冷风扑面,然后我跳了下去。

6

我跳了，哥们儿啊，狠狠砸在人行道上，但我没有嗝屁，并没有。如果我当真嗝屁了，又怎么会在这儿写下这些玩意呢。可能是跳的高度不足以致命，但我摔断了后背、腰和腿，晕过去前还有一瞬疼得钻心，哥们儿，街上有许多家伙吃惊又好奇地探出脑袋从上往下看我。就在我晕倒前，我心明如镜，这可怕的大千世界上，没有一个家伙关心我，穿墙而来的音乐，是早有预谋的，那些号称我新伙计的家伙们，为了自己可怕的、自私又自夸的政治大业，精心谋划了这一出。一切都在百万又百万分之一秒内闪过脑海，紧接着我就被抛过了世界、天空、在上方瞪大眼睛盯着我的面孔。

经过一个漫长、漆黑漆黑、活像过了一百万年的深渊，我重回人世的地方是一家医院，四下都一片惨白，闻得到医院的味道，就是那酸不溜丢、整洁干净的味儿。医院用的消毒剂还有一股子类似炸洋葱或者花香的好闻味儿。我好半天才搞明白我在哪里，自己浑身捆着白绷带，身子毫无知觉，不疼，没有触觉，什么玩意都感觉不出来。我脑袋上也缠满了绷带，脸蛋上沾满了东西，双手也缠满绷带，手指上似乎还捆了小棍，就像是在花枝上捆着小棍防止花长歪，我可怜的老腿也被拉直了，缠满绷带还捆着铁丝架。我的右手边，靠近肩膀的地方，高高吊着个瓶子，一滴一滴给我输红红的瓢子。可我什么感觉也没有，哦哥们儿。我的床边坐着一个护士，正在读一本笔迹根本看不清的书，我能看出是小说，因为里面有许多双引号，而且她一边读，一边唔唔唔地直喘粗气，所以这书肯定是写那插进抽出的老把戏的。她的确是个标致的小妞，这个护士，嘴唇鲜红，眼睛上扑闪着长睫毛，在笔挺的制服下面，还能看出一对非常出色的奶子。于是我说道："玩哪一出呢？哦我的小美眉？你过来，和小哥我在床上一块儿躺下，咱俩爽一爽。"可我根本就说不清楚，似乎嘴巴全都僵硬了，用舌头一舔，好几颗牙齿都不在了。但这护士跳起来，将书抛在地上，说道：

"哦，你恢复神志了。"

留神你这个小妞，我说的话可脏啊，我本打算这么说，但发出的声音只是"呃呃呃"。她走开了，让我自个儿一人待着，我看看四周，这不是我很小的时候去过的那种大病房，身边总是围满了猛咳嗽的死老东西，逼着你想赶紧康复起来。我当年似乎是得了白喉病，哥们儿。不过眼下我所住的是间独立的小病房。

看起来，我没办法一直醒着，转眼我又睡过去了，快得很，又过了一两分钟,我知道那个护士小妞已经回来了,还带来几个穿白大褂的家伙,他们紧皱着眉头观察我,对着鄙人"嗯嗯嗯"地沉吟着。其中还有个人在说话,我可以肯定他就是国狱里的老牧师。"哦,我的孩子,孩子,"他说着,向我喷出陈年的威士忌臭味,"我怎么还能待得下去,不行的。我决不会坐视杂种们对其他可怜的犯人干出这种勾当,所以我辞职出来,布道讲解这一切,我可怜的,以耶稣基督的名义,我心爱的孩子。"

晚些时候我又醒来,看到我床边只站着三个人,我正是从他们的公寓里跳楼的,这三位正是D. B. 达席尔瓦、什么什么鲁宾斯坦和Z. 多林。"朋友,"其中有一个家伙开口说道,看不清也听不清究竟是哪一位,"朋友,小朋友,"他说道,"人民已经义愤填膺,群情激荡。你摧毁了那些可怕的、自以为是的恶棍再次当选的机会。他们要下台,万劫不复了,你为自由大业出了大力。"我原本想说:

"要是我死掉了,那对你们这些政治流氓岂不是更妙,是不是?你们这些装腔作势、口蜜腹剑的家伙。"可话一出口还是"呃呃呃"的声音。三人中有一个人似乎递给我一大把剪报,我看见一张可怕的照片,我自个儿浑身淌着瓢子,被人放在担架上抬走,我依稀记得当时有灯光闪烁,肯定是摄影师在拍照。在那家伙微微抖动的手中,我还一眼瞥见报纸的头条标题,例如"罪犯矫正方案害苦了年轻人"以及"杀人政府",还有一个家伙的照片,看起来有些面熟,标题写着"滚蛋滚蛋滚蛋",这可不就是内政部长或者说赖政部长吗？此时那个护士小姐说：

"你们不能这么刺激他。不能做任何让他难受的事情。走吧，我带你们出去。"我本想说：

"滚蛋滚蛋滚蛋。"可出口的还是"呃呃呃"。总之，那三个政客走人了。我又落回到大地之上，回到一片黑暗之中，只有古怪的梦境来慰怀，我并不知道这是梦境还是真实，哥们儿啊。有一次我感觉自己的整个皮囊或者身体被放空了，似乎里面过去灌满了污秽，如今却换上了清水。还有些非常过瘾、美妙的梦，我梦见自己开着辆偷来的汽车，独自一人横冲直撞地狂飙，将人们纷纷撞倒，听他们惨叫着自己要死了，我则毫无痛苦与恶心感。我还做梦和小姐们大搞老一套插进抽出的把戏，把她们按倒在地，逼她们好好地来几次，所有人都在旁观，拍巴掌，发疯一样欢呼。我又醒过来，这次来的是我的老头老太，来看他们的病孩子，老太呼天抢地地号丧。我如今话说得有些利落了，于是我说：

"哟哟哟哟哟，这是咋了？你们倒是不请自来啊？"

我的爸爸老爷子说，一脸羞愧的样子：

"你上了报纸，儿子。报纸上说，他们把你给害惨了。还说政府是如何教唆你去试一试，让你自己往坑里跳。这也有几分我们的错误，不管咋说，儿子。说一千道一万，你的家总归是你的家，儿子。"我妈还在号丧，拿蛋蛋起誓，真是要多难看有多难看。于是我说：

"二老的新晋孝子乔何在?想必是称心如意,身体康泰,春风得意吧,我笃信不疑,衷心祈祷。"我妈妈说:

"哦,阿历克斯,阿历克斯,哦呜呜呜呜。"我的爸爸老爷子说:

"这事说起来真丢脸,儿子。他和警察有点小麻烦,被警察给办了。"

"当真?"我说,"当真?这么根正苗红的小伙子,这真叫我惊骇莫名了,真格的。"

"他倒没有出格,"我老头子说,"警察让他滚蛋。他正等在街角呢,儿子,在等一个姑娘来约会。他们让他赶紧走,他说他有这天赋的人权,于是他们不知怎的就把他放倒,狠狠揍了他一顿。"

"可怕,"我说,"实在可怕,那倒霉孩子现在在哪儿?"

"哦呜呜呜,"我妈号丧道,"回老家哦呜呜呜去了。"

"是呀,"爸爸说,"他回自己的老家去养身体了。他的工作又分配给了别人。"

"也就是说,"我说道,"你们希望我搬回去住,一切都恢复到老样子。"

"是的,儿子,"我的爸爸老爷子说,"求你了,儿子。"

"让我考虑一下,"我说,"我会仔细考虑。"

"哦呜呜呜。"我妈哭道。

"啊,闭嘴吧,"我说,"否则我就给你点真正的颜色看看,让你好好地号丧。我会踢掉你的牙齿。"此刻,我的哥们儿啊,说了这话

187　倒让我觉得有些畅快，似乎新鲜的、红红的瓤子重新流入了我的皮囊里。这事可得仔细琢磨。要想康复，似乎凶恶一点更管用。

"你可不能这么和你老妈说话，儿子，"我的爸爸老爷子说，"不管咋说，是她把你降生到这世界上。"

"没错，"我说，"这个世界真是恶心混蛋透顶。"我忍住疼，紧闭上眼睛，说道："你们走吧。我会考虑搬回家住的事。但规矩得全变。"

"好的，儿子，"我老头子说，"全听你的。"

"你们可得想清楚这事，"我说，"谁才是老板。"

"哦呜呜呜呜。"我妈还哭个没完。

"听你的，儿子，"我的爸爸老爷子说，"一切都听你的安排。赶紧康复吧。"

然后他们走了，我躺下来，又想了两三桩事情，就像一张张照片掠过脑袋瓜，直到那个护士小姐又走了进来，扯平我的床单，我问她：

"我在这儿有多久了？"

"差不多一个礼拜。"她说。

"他们是怎么处理我的？"

"这个啊，"她说，"当时你浑身骨折，遍体鳞伤，还有严重的脑震荡，大量失血。他们总得一样一样地治疗啊，不是吗？"

"只不过，有什么人对我的脑袋瓜动过手脚吗？"我说，"我是说,他们是不是对我的大脑搞过什么鬼?"

"不管他们做了什么,"她说,"那都是为了你好。"

又过了几天,来了几个大夫,都是年纪轻轻的家伙,笑得甜甜的,他们还带来一本画册。其中有人说:"我们想让你看看图片,告诉我们你的感受,好吗?"

"想玩哪一出,小伙计们?"我说,"你们又在琢磨什么发疯的点子?"他俩都尴尬地笑笑,在床铺两边分别坐下,打开了这本书。第一页的照片上,有一个堆满鸟蛋的鸟窝。

"如何?"有一个大夫说。

"鸟窝,"我说,"全都是鸟蛋。可爱极了。"

"那么你想对鸟窝做什么呢?"另一个问。

"哦,捣碎它,"我说,"整窝端起来,向墙上摔,向山崖或者什么地方摔,让鸟蛋砸得一塌糊涂才好。"

"不错不错。"他们俩都说,又翻了一页。这张照片上是一只那种叫作孔雀的大个子鸟,尾巴全都展开,五彩缤纷,得意得很。"这一张呢?"有个家伙问。

"我想的是把它屁股上所有的毛都拔光,听它玩命地惨叫哀号。谁叫它这么得意。"我说。

"好,"他们都说,"好好好。"他们继续翻页。有的照片上是非常标致的小姐,我说我想和她们整点插进抽出、插进抽出的把戏,顺便大搞超级暴力。有的照片是靴子踢脸,血红血红的瓢子乱淌,我说我也很想一块儿找点乐子。还有一张图片是监狱老牧师,那个赤身裸体的老家伙扛着十字架上山,我说我愿意拿锤子钉子伺候他。他们说好好好。我说:

"这都是干什么?"

"深层睡眠学习法,"两个家伙里有一个人说道,大概是这类怪词,"看来你是痊愈了。"

"痊愈了?"我说,"我被五花大绑,扔在床上,你还说我痊愈了?吃我的臭屁吧。"

"等着吧,"另一个说,"不用等太久。"

于是我就等着,哥们儿,我身体好多了,大嚼蛋疙瘩,面包片,猛喝一大杯一大杯的奶茶,到了有一天,他们说有一个非常非常非常特殊的人要来看望我。

"谁?"我说,他们则拉直我的床单,把我的烦恼丝给梳洗干净,也给我拆了脑袋上的绷带,头发已经重新长出来了。

"你会看到的,会看到的。"他们说,我于是真的看到了。下午两点半,这里已经挤满了摄影师,还有在小笔记本上奋笔疾书的报社记者之类的货色。他们大张旗鼓,将这个重要的大人物来看望鄙人一事搞得尽人皆知。他终于进屋了,自然正是内政部长或者赖政部长本人,穿得很体面,一副嘀嘀嘀真正上等人的腔调。照相机闪光灯啪啪地响,他伸出巴掌,握住我的,摇晃着。我说:

"哟哟哟哟哟,这是哪一出,老伙计?"但看来没人听明白了,只不过有人恶狠狠地训道：

"放尊敬点，孩子，你在和部长说话。"

"滚犊子，"我说，像小狗一样咆哮道，"尊敬尔等老大个傻卵。"

"好了，好了，"内政赖政部长赶紧说，"他对我倒向对朋友一样坦率，是不是，孩子？"

"我四海之内皆兄弟，"我说，"但不包括死对头。"

"那谁是你的对头呢？"老部说，报社的记者们都沙沙沙记个不停，"告诉我们，孩子。"

"那些下手害过我的，就是我的对头。"我说。

"好了，"内赖老部说，坐在我的床边，"我和我所供职的政府当局，希望成为你的朋友，是的，朋友。我们治好了你，不是吗？你得到了最好的护理。我们从来就不想害你，但的确有人一直想要下手。我想你知道他们是谁。"

"那些下手害过我的，就是我的对头。"我说。

"是的是的是的，"他说，"的确有人想要利用你，没错，他们自有政治目的。如果你死了，他们会很喜闻乐见，乐意得很。因为他们会将你的死归罪于政府。我想你知道他们是谁。"

"我不喜欢，"我说，"不喜欢他们的模样。"

"其中有一个，"内赖老部说，"名字叫作F. 亚历山大，是一个专写反政府文章的作家，他一直叫嚣着要给你放血。他丧心病狂，一心想要捅你一刀。但你如今不用担心他了。我们把他弄走了。"

"我还当他是好哥们儿,"我说,"他那时候对我像亲妈一样。"

"他发现你曾经折磨过他,"老部飞快地说,"或者说,他自己是这么认定的。他心里面认定,是你害死了某个他挚爱的亲人。"

"你是说,"我说,"有人告诉他了。"

"他自己想的,"老部说,"那人很棘手。我们把他弄走,是为了他自己好,同样,"他说,"也是为了你好。"

"好人,"我说,"尔心好极了。"

"你离开这里后,也不用担心什么,"老部说,"我们把一切都安排妥当了,会给你一份好工作,薪水很好。因为你替我们出了力。"

"我出力了?"我说。

"对于朋友,我们总是不遗余力的,不是吗?"说着,他又抓住我的手,有人大喊,"笑一下!"我活像个傻瓜一样笑了,啥也没想,照相机咔嚓咔嚓咯吱咔嚓咯嘣一通乱响,拍下我和内赖老部亲热的模样。"好孩子,"这位大人物说,"真是好孩子,请看,送你的礼物。"

送到我面前的,哥们儿啊,是一个又大又亮的盒子,我一眼就看出这是什么,这是个音响。音响被放在床边,打开了,有人把音响插头插上。"想听什么?"一个鼻梁上架着眼镜的家伙问,他手中捧着一大沓亮闪闪的漂亮唱片套,"莫扎特?贝多芬?勋伯格?卡尔·奥尔夫?"

"第九,"我说,"辉煌的《第九交响曲》。"

真是第九,哦哥们儿。大家安静又礼貌地退出去了,让我自己躺着,闭上眼睛,听着美妙的音乐。老部说:"真是好孩子。"在我肩膀上拍拍,他也走了。屋里只剩下一个人,他说:"在这里签字,劳驾。"我睁开眼睛签字,根本就不知道我签了什么,哥们儿,我也根本不关心。然后就只剩下我和路德维希·范辉煌的《第九交响曲》了。

哦,这可真是光彩夺目,美妙美妙美妙啊,听到谐谑曲部分,我仿佛清楚地看到自己跑啊跑啊,脚丫子轻盈又灵巧,挥舞着我的长柄剃刀,在整个世界脸上一通划拉,让它惨叫不停。而后是慢乐章,可爱的最后合唱乐章即将到来。

我真的痊愈了。

7

"接下来去干啥,嗯?"

没错,正是我,鄙人,还有我的三个哥们儿:莱恩、瑞克和蛮牛,蛮牛之所以叫蛮牛,是因为他脖子粗嗓门大,活像蛮牛吼得嗷呜呜呜山响。我们坐在克洛瓦奶吧,要打定主意晚上去干点啥。这是个黑得要命的大冬天晚上,又黑又冷,幸好没下雨。身边都是嗨大了的家伙,喝了牛奶掺速胜,掺合成丸,掺什么漫色或其他玩意,让你远远远远地飞出这个邪恶又真实的世界,走进妙境,喜看你的左边鞋里如何显示出上帝老儿和他那一大帮天使圣人,脑仁里则无数灵光乍现。我们喝着老"牛奶掺刀子",这是我们那时候的说法,这东西会让你心眼活络,让你打算整出点"二十对一"的脏事,但这些我都告诉过你了。

我们四个穿得十分时髦,当时流行大脚裤,上装是又黑又亮的宽皮衣,里面则是塞着围巾的翻领衬衣。这个时代还流行用长柄

193 剃刀剃脑瓜,大半个脑瓜剃得精光,只在两边留头发。但脚上的还是老一套——专门踢人脸的带劲的大头靴子。

"接下来去干啥,嗯?"

我是四个人之中年纪最长的,他们都把我当头儿,可我感觉得到,有时候蛮牛的脑瓜里想着夺我的权,这是因为他块头大,火并时怒吼的嗓门最大。但所有的点子都是鄙人出,哥们儿啊,还有一桩,就是我很出名,关于我的照片文章之类上过好多报纸。此外,我的工作比他们强得多,我在国立唱片档案馆的音乐部上班,每周末我给力的裤兜里装满了花花票子,此外还能额外免费听许多好唱片,供自己一乐。

今天晚上,在克洛瓦奶吧里,有不少男女,小姐和小伙子,嘻嘻哈哈,开怀牛饮,一通神侃,嗨大了则吐出"戈戈掉拿还杀虫喷雾满尖杀球"之类的胡话,在喧闹中可以听见音响里播着一张流行音乐的歌碟,是内德·阿奇莫塔在唱《那一天,对,就是那一天》。柜台边坐着三个小姐,都是一副时髦的纳查打扮,一头乱糟糟的长发染成白色,假奶子挺起一米多还长,穿着紧得要命的小短裙,衬里是白色的泡泡纱。蛮牛一直在说:"嘿,到那儿去吧,要不,咱哥仨?老莱恩没兴趣。让老莱恩自个儿去出神吧。"莱恩也一直唠叨着:"扯淡呢扯淡呢。不是说好了有福同享有难同当吗,哎哥们儿?"突然我觉得极为疲劳,同时又手痒痒得想要大干一场,于是我说:

194 "出去出去出去出去出去。"

"去哪儿?"瑞克说,他长了一张青蛙脸。

"哦,就是去看看外面的大世界。"我说,但其实哥们儿,我十分厌烦,甚至有点绝望,最近这段日子总是如此。于是我转过身去,找离我最近的家伙的麻烦。我们并肩坐在长毛绒椅子上,椅子围绕着奶吧整整一圈。这个家伙正嗨得胡言乱语,我在他肚皮上嗨嗨嗨地捶了几大拳。可他浑然不觉,哥们儿,还在唠叨着什么"马车马车美德,头顶尾巴躺着爆爆爆米花"。于是我们就在这大冬天的夜里出门遛弯。

沿着玛格哈妮塔林荫大道一路走下来,我们撞见一个刚从报纸摊买完报纸出来的老东西,这条道上没有条子巡逻,我于是对蛮牛说:"好了,蛮牛仔,你咋想的,就咋整吧。"这些日子以来,我越来越喜欢只发号施令,冷眼旁观别人下手。于是蛮牛把他揍得呃呃呃惨叫,另两人则把老东西绊倒猛踢,大笑,他倒在地上,我们让他自顾自向家里摸爬,一路哀哀哭泣。蛮牛说:

"我们整一杯好喝过瘾的东西来驱驱寒咋样,哦,阿历克斯?"此时我们离"纽约公爵"也不远。另两个点头说对对对,却都看着我,不知道该不该去。我点了头,我们就去了。在这个舒适的小窝里,坐着的还是那些你一开始就认识的老女人,老太太,老八婆们,见我们进来,她们就开始唠叨:"晚上好,小伙子们,上帝保佑你们,孩子,世界上最棒的孩子就数你们了。"她们单等着我们说:"姑娘们,感觉咋样?"蛮牛摁了响铃,一个侍者进来,还在脏兮兮的围裙上擦着巴掌。"票子上桌,伙计们,"蛮牛说,把他那一堆叮铃咣当的货币掏出来,"给我们上苏格兰威士忌,给老八婆们也各来一份,嗯?"我说:

"啊,算了吧,让她们自己掏腰包吧。"我也不知道这是为啥,但最近我变得有些小气。我的脑袋瓜里钻进去一个念头,我的花票子都该存起来留给自个儿,好备不时之需。蛮牛说:

"这是哪一出,哥们儿?老阿历克斯这是唱哪一出?"

"啊,算了,"我说,"我不知道,我不知道。反正,我就是不喜欢把自己辛苦挣来的花票子就这么扔掉,就这么回事。"

"挣来的?"瑞克说,"挣来的?钱根本就不用挣啊,这咱们都门儿清,老伙计。直接去拿,没错,拿就好了。"他仰天大笑,我看到他有一两颗大牙不那么牢靠。

"哦,我有事要做。"我说,但看到那些老八婆眼巴巴地等着免费的老酒,我只好耸耸肩,从裤兜里掏出我自己的票子,有毛票也有硬币,杂七杂八,一把拍到桌上,任它叮咚咣当响。

"见人一份苏格兰威士忌,好的。"侍者说。但不知为什么,我说:

"不,服务生,给我上一小瓶啤酒。"莱恩说:

"啤酒可不入咱眼。"他还用巴掌摸我的脑壳儿,似乎嘲笑我肯定发烧了,我狗一样低声呵斥,让他马上收了手。"好吧,好吧,哥们儿,"他说,"你既然都说了。"但蛮牛张大了嘴巴,猛瞪着我从兜里

掏出来的和花票子一块儿拍到桌上的一个物件。他说:

"哟哟哟,这可是新鲜事。"

"给我。"我吼道,马上伸手去抓。我也说不清这个物件怎么会在这儿,哥们儿,这是一张我从旧报纸上剪下来的照片,是一个小娃娃。小娃娃笑得咯咯咯的,口中直淌奶,抬眼向上,似乎在朝人大笑。他浑身精光,粉嘟嘟的肉挤肉。他们嚯嚯嚯地笑着从我手里抢那张小照片,我不得不厉声咆哮,手捏着相片,撕成无数碎片,像下雪一样抛到地上。威士忌端上来了,老八婆们说"祝你们健康,小伙子,上帝保佑,孩子们,世上最好的孩子,没跑了"之类的屁话。其中有一个更是满脸皱纹褶子,干瘪的老嘴里牙齿都掉光了,她说道:"别撕钱啊,孩子,如果你不要了,就给需要的人嘛。"她还真是臭不要脸,混蛋大胆。但瑞克说:

"那可不是钱,八婆,那是一个可爱嘟噜小模小样的小婴儿。"我说:

"我真是有点累了,没错。你们才是婴儿,你们几个。说怪话,嘲笑人,只会哈哈大笑,只敢朝那些无力还手的人大打出手。"蛮牛说:

"说到这,我们都觉得你才是这样的人,是你教会我们的。这可不好,这是你自个儿的问题,老伙计。"

我看看面前那一杯淡淡的啤酒,恶心得要命,我"呕呕呕"一声,将这杯起泡的臭狗屎全泼到地板上。有一个老太婆说:

197　　"少浪费,不受罪。"我说:

"嘿,伙计们,听着。今天晚上我不知怎的就是没情绪。我也不知道是因为啥,是咋回事,但就是如此。你们三个今天晚上自由活动,别管我。明天老时间老地方碰头,希望咱们到时候感觉好起来。"

"哦,那可真是太糟了。"蛮牛说,可我看出来他眼睛闪闪发亮,因为今天夜里他接了我的权。权力,权力,大家都想要权力。"至于那件事,我们可以推迟到明天再动手,"蛮牛说,"也就是去加加林街,进店打劫这桩事。那里赚了多得要命的票子,伙计,去干一票。"

"不,你们也别推迟了,"我说,"你们可以自作主张,我得走了。"我说,我从凳子上站起来。

"你去哪儿?"瑞克问。

"我也不知道,"我说,"就想一个人待会儿,想出个头绪来。"看得出,那些老八婆都摸不着头脑,看我就这么走出去,闷闷不乐的样子,不再是大家都认识的那个阳光又爱大笑的小伙子了。可我只是说"啊,得了吧,算了吧",就自个儿一人出去到街上溜达了。

外头很黑,刀割似的冷风越刮越猛,街上没几个人。凶狠的条子开着巡逻警车走街串巷,街角还能看见几个很嫩的武装条子,跺脚抵御该死的严寒,冬夜里喷出白雾,哥们儿啊。我想老一套超级暴力和打家劫舍的把戏现在真的消停了不少，条子逮到人之后会往死里打，如今变成捣蛋的纳查和警察之间的比赛，警察家伙掏得更快，不管是刀子、剃刀、棍棒甚至是枪。但近来我的苦恼是，我对这些都不关心。就像是我的心肠变软了，但并不知道为何如此。我在自己小窝里爱听的音乐，放在过去，肯定会被自己嘲笑，哥们儿。我如今爱听小巧的浪漫歌曲，也就是所谓的抒情曲，一个人唱，一架钢琴，很安静又有些忧伤，而过去，我爱听的全都是宏大的交响乐，我曾躺在床上，一翻身就是小提琴合奏，长号齐鸣，定音鼓震天响。我内心有些变化，我也搞不清这究竟是病，还是他们之前的胡闹让我的脑子出了问题，甚至当真把我弄成了傻子。

我满腹心思，耷拉着脑袋瓜，巴掌插在裤兜里，走到城中，哥们儿，最后走得我累极了，很想来一大盅给力的奶茶。一想到奶茶，眼前突然浮现出这一幕，我坐在扶手椅里，靠着大壁炉，喝一杯奶茶，既搞笑又特别特别古怪的是，我好似变成了一个老掉牙的家伙，大约有七十岁了，我看见自个儿的头发早就变成灰白了，我还长了连鬓胡，也白花花的。我看着自己这个老头，坐在壁炉边，而后这一画面就消失了。这可真古怪。

我走进一家喝茶和咖啡的地方，哥们儿，透过长长的窗户看见里面坐满了没劲的家伙，就是普通人，他们全都心平气和，面无表情，也不会下手害人，都老实坐着，小声说话，品着他们好喝的、人畜无伤的茶和咖啡。我走进去，到柜台边，买了一杯加了很多奶的热茶,又走到一张桌前,坐下来品茶。隔壁桌坐着一对小夫妻,喝茶,抽过滤嘴香烟,两个人小声说话谈笑,我一点也没注意他们,埋头喝茶,做梦一般寻思着我到底是哪里有了变化,接下来又会怎么样。可我又看见,那张桌前和那个家伙坐一块儿的那小妞实在标致,不是那种让你想要推倒,大搞插进抽出、插进抽出把戏的类型,只是身材和面孔都很漂亮,小嘴带笑,声音又甜得很的这一类。和她一对的那个家伙,脑壳上戴着帽子,面孔背着我,此时扭过身子看咖啡馆墙上挂着的那只大钟,我这才认出他是谁,他也认出了咱。正是彼特,往日里我三个老伙计之一,当年正是乔奇、丁蛮、他和我四人。彼特看起来老多了,可他绝对不到二十岁,如今还蓄着小胡子,穿着正儿八经的日装,戴着帽子。我说:

"哟哟哟,伙计,这是哪一出?有日子没见你了。"他也说:

"这不是小阿历克斯吗,是不是?"

"如假包换,"我说,"那些已死的消亡的好时光早已远去。如今我听说,倒霉的乔奇已经入土,老丁蛮变成了凶狠的条子,此刻相逢有你也有我,尔有甚变化,老伙计?"

"他说话真有趣,是不是?"那小妞说,咯咯地笑。

"这一位,"彼特对那小妞说,"是我的老朋友。他名叫阿历克斯。这一位呢,"他对我说,"是我妻子。"

我咧大了嘴巴。"妻子?"我目瞪口呆,"妻子妻子妻子?哦,不,不可能吧。尔小小年纪,怎么能结婚,老伙计,不可能不可能。"

那个号称是彼特老婆(不可能不可能)的小姐又咯咯地笑,对彼特说:"你过去是不是也这么说话?"

"哦,我快二十岁了。也到成家年纪了,"彼特说,还带着笑,"到现在已经两个月了。你当年很年轻,也很早熟,我记得的。"

"哎呀,这个弯我可转不过来。彼特结婚了,哎哎哎。"

"我们住在一间小公寓里,"彼特说,"我在国立海事保险上班,薪水很少,但一切都会好的,没错,这位乔治娜——"

"再说一遍,什么名字?"我依然傻子一样大张着嘴巴,彼特的妻子(妻子啊,哥们儿)又咯咯笑了。

"乔治娜,"彼特说,"乔治娜也有工作的。打字员,你懂。我们过得还凑合,还凑合。"哥们儿啊,我简直没办法将眸子从他身上移开,真的。他好像又长大了,不只是声音成熟。"你可得找时间来看看我们,"他说,"你还是很年轻,尽管经历了那么多风雨,是啊是啊是啊,我们都读过了报道。只不过,你还是很年轻。"

"十八岁,"我说,"刚过了十八。"

"十八岁,呃?"彼特说,"可不是,好好好,我们得走了。"他说道,还丢给他的那位乔治娜一个所谓爱的眼神,把她的一个巴掌握在自己巴掌里,她也还了一个眼神,天哪,哥们儿啊。"好了,"彼特转向我说,"我们要去格雷格家里参加小派对了。"

"格雷格?"我说。

"哦,对了,"彼特说,"你不认识格雷格对不对?格雷格比你来得迟。你走之后,格雷格才出现。他总是组织小派对,也就是品红酒,玩猜词游戏。很好玩,很开心的,你看,与世无争,你懂我的意思吧。"

"明白,与世无争,是是,我瞅得可清楚了。"我说,那个乔治娜小姐因为我的声音又一阵咯咯笑。这二位就去参加什么该死的格雷格家里的狗屁猜词游戏了。我自个儿捧着奶茶,茶已经冷了,我则在冥思苦想。

或许正是如此,我想。或许我已经年纪太大,不能再过从前的日子了,哥们儿,我已经十八了,刚过生日。十八也不算是小孩了。十八岁时,"上帝之子"沃尔夫冈·阿玛多伊斯[1]已经在写协奏曲、交响乐、歌剧、清唱剧之类狗屁了。哦,不,不是狗屁,是飘飘的仙乐。老菲利克斯·M.[2]也在十八岁谱了《仲夏夜之梦》的序曲,更别说还有其他人。比如那个让本什么布什么的家伙谱曲的法国诗人,他在十五岁的时候已经写完了自己所有的代表作,哦我的哥们儿啊。亚瑟,他叫这个名字。看来,十八岁可真不算小了。可我要去做什么呢?

我从喝茶和咖啡的地方出来,又黑又冷的大冬天晚上走在街头,眼前总闪现着幻景,那场面就像报纸上的漫画卡通。鄙人阿历克斯下班回家,早有一盘热乎乎的晚餐端上来。还有个女人迎上前来,

---

[1] 即莫扎特。
[2] 即门德尔松。

关心地和我说话。可我看不清她的模样,哥们儿,我也想不出她究竟是谁。可我突发奇想,如果我此刻走进旁边的屋里,就会看到炉火熊熊,看到热热的晚餐放在桌上,然后我就能知道自己真正要的是什么,如今一切都水落石出了,无论是我从报纸上剪下来的那张相片,还是我为何会遇见彼特。在另一间小屋里,小床上咯咯咯直笑的是我的儿子。是的是的是的,哥们儿,我的儿子。如今我才感到自己体内有多么巨大的空洞,让我自己也大吃一惊。我终于知道自己怎么了,哦哥们儿啊,我是长大了。

是的是的是的,正是如此。青春总会过去,是啊。但青春只不过像是一头野兽,不,甚至都不像野兽,更像是街头随处可见的那些小玩具。锡制的小人儿,里面有发条,上劲机关露在外头,你咔嗒咔嗒咔嗒上好劲,一松手它就跑开了,仿佛是在走路,哦哥们儿。可它只会走直线,一头撞上东西,撞得砰砰响也不回头,它自己不可能停下。青春就像是这小小的发条机器。

我的儿子,我的儿子,等他长大懂事了,我就把这一切都说给他听。我知道他根本听不懂,或者说根本就不愿意懂,还是会做我干过的那些狗屁事,甚至会杀害爱养喵喵叫的猫公猫婆的鳟鱼老太婆,我并没有办法去阻止他。他也没有办法阻止他的儿子,哥们儿。周而复始,直到世界末日,轮回轮回轮回,就像是有什么开天辟地的巨人,或者干脆是上帝他老人家自个儿(借了克洛瓦奶吧的光)在他的巨型巴掌里把一个臭烘烘的脏橙子转啊转啊转个不停。

不过首要之事，哥们儿啊，就是找某一个小姐来当孩子他妈。我明天就开始找，我这么想着。这可是一件新鲜事。我可得赶紧着手做，新的一章要开始了。

接下来就干这个了，哥们儿，这故事已经说到了结尾。你们跟着小阿历克斯前前后后走了一遍，和他一起受苦，也见识了上帝老儿所造的万物中那几个最混账无耻的把戏，都让你们的老伙计阿历克斯承受了。这都是因为我当年太年少。如今故事要说完了，我也不年少了，不比当年，过去了。阿历克斯长大了，是啊。

如今我要去的地方，我的哥们儿啊，只能我自个儿一人去，你可去不了。明天又是鸟语花香，该死的地球照转，明星朗朗，老月亮高悬，你们的老伙计阿历克斯一个人上路，去找一个伴，闲淡少扯。这真是一个可怕又混账的臭世界，真的，哥们儿啊。和你的小哥们儿说拜拜吧。至于故事里的所有其他角色，我献上一大串弹嘴皮子，噗噜噜噜，亲我的光腚吧。至于你嘛，我的哥们儿，有时间不妨想起你亲爱的小阿历克斯。阿门。闲淡少扯。

苏塞克斯郡埃钦汉

1961年8月

——注释[1]——

安德鲁·比斯维尔[2]

7 **"二十对一"的脏事(a bit of dirty twenty-to-one)**:"二十对一"(twenty-to-one)是"有趣"(fun)的同韵俚语(即两词同韵,可用一词代替另外一词,前词即为后词的同韵俚语,同韵俚语亦可为短语)。

8 **十分时髦(the heighth of fashion)**:《牛津英语词典》(OED)注明,heighth是17世纪常见的拼写方法。直到19世纪依然能在英文方言中发现。企鹅出版社在1972年将其误印刷成the height of fashion(第5页),但伯吉斯其实是明确地想要制造古风腔调的效果。他在自己关于莎士比亚生平的小说《一点不像太阳》(*Nothing Like the*

---

1 注释里条目前的数字为小说正文的边码,表示此条内容出自该边码上方的一页之中。
2 安德鲁·比斯维尔(Andrew Biswell),《发条橙》英国五十周年纪念版编辑,"后记"也出自他手。

Sun, 1964) 中也用到了类似的手法以取得此类效果, 这本书是用拙劣地仿照莎翁时代英语的风格写成的。

10　**贝尔蒂·拉斯基**：梅尔文·拉斯基与弗兰克·克蒙德和诗人斯蒂芬·斯彭德都是《文汇》(*Encounter*) 杂志的编辑。但此处更有可能是暗指玛格哈妮塔·拉斯基 (1915—1988)，一位曼彻斯特的小说家和剧作家, 她为《牛津英语词典》的四本副刊提供了超过二十五万条词条, 小说作品包括《附加税上的爱情》(*Love on the Supertax*, 1944) 和《丢失的小男孩》(*Little Boy Lost*, 1949), 后一部1953年被改编成音乐剧, 主演是平·克劳斯贝。她曾经写了一篇对伯吉斯的小说《得到答案的权利》(*The Right to an Answer*) 并不友好的评论, 发表于1961年1月28日的《星期六书评》。

11　**玛格哈妮塔林荫大道**：这也是一处对玛格哈妮塔·拉斯基暗含揶揄的地方, 参见上一条"贝尔蒂·拉斯基"。

11　**布斯比大道**：可能是指布鲁克·布斯比爵士 (1744—1824), 一位并不出名的英国诗人及卢梭作品的翻译者, 这个名字还出现在伯吉斯的第一本小说《该轮到老虎了》(*Time for a Tiger*, 1956) 中。小说中的布斯比是马来亚殖民地曼索尔学校的校长, 学校的原型是位于瓜拉江沙的马来大学, 伯吉斯本人1954年至1955年在彼处任教。布斯比是对该校真实的校长吉米·霍威尔的丑化和讽刺, 伯吉斯很讨厌这位校长。

13　**九牛一毛 (hen-korm)**：在打字稿中最先是hen-corm。在1962年2月25日写给海涅曼的詹姆斯·米基的信中, 伯吉斯写道："还有hencorm……这个词被人无声无息地改成了 hen-corn。实际上 corm 来自一个斯拉夫词根,意思是动物草料。不该让读者们看到这个错误,于是我将其改成了 korm,是不是很棒?"

14 **善事 (sammy act)**:19 世纪晚期的俗语,sam 或者 stand sam 的意思就是指付酒钱。参见乔纳森·格林所著的《卡塞尔俚语词典》(*Cassell's Dictionary of Slang*, 2000)。

14 **艾米斯大道**:金斯利·艾米斯,英国小说家和评论家(1922—1995)。伯吉斯和艾米斯经常互相评论对方的小说,艾米斯对《发条橙》的评论("伯吉斯先生写出了一堆骇人听闻的经典大杂烩")曾刊登于《观察家》之上。关于艾米斯对伯吉斯的评论,可参见他的《回忆录》(哈钦森出版社,1991 年,第 274—278 页)中的相关内容。此外,批评性评论还散见于他的《金斯利·艾米斯的信》(*The Letters of Kingsley Amis*),此书由扎切雷·利德编辑(哈珀科林斯出版社,2000 年)。

14 **黑啤和淡啤 (black and suds)**:健力士啤酒。

14 **双份的"火焰黄金" (double firegolds)**:Firegold 是一种威士忌,但也暗指《星光之夜》("The Starlight Night"),即杰拉尔德·曼利·霍普金斯(Gerard Manley Hopkins, 1844—1889)所写的一首诗:"且看安坐空中的那些火焰之人!……灰色的草坪因黄金而璀璨,如雨黄金遍洒!"伯吉斯在学童期间背下了霍普金斯所有的诗歌,后来还将一些诗歌谱曲,其中就包括《德意志废墟》("The Wreck of the Deutschland")。关于这些乐曲的更多细节可参见保尔·菲利普斯所著的《发条复调》(*A Clockwork Counterpoint*, 曼彻斯特大学出版社, 2010年, 第288—289页)。

15　**一瓶"扬基将军"**：三星级的白兰地或者干邑。伯吉斯在此处的手稿边缘画了三颗星，表示这里他所指的是三星级美国白兰地。

15　**艾德礼大街**：克莱门特·艾德礼, 1945年至1951年担任工党首相, 伯吉斯在1945年曾为工党投票。他很欣赏政府的国民健康服务政策, 这也是由艾德礼的政府设立的。

15　**雷子巡逻队 (rozz patrols)**：条子 (rozzer) 成为警察的绰号要始于19世纪70年代, 艾里克·帕特里奇所编写的《英国俗语和非常见用法词典》(*Dictionary of Slang and Unconventional English*, 1937) 是伯吉斯所拥有的几本俗语词典之一。该书认为, rozzer这个词来自吉卜赛语的roozlo, 意思是强壮。

15　**埃尔维斯·普雷斯利**：伯吉斯曾在手稿的边缘写道："当本书出版时, 还有人会记得猫王这个名字吗？"在伯吉斯书写《发条橙》的时候, 他一定发现了猫王的名字无所不在。根据行业杂志《唱片零售商》(*Record Retailer*) 的记载, 猫王的单曲《机不可失, 时不再来》("It's Now or Never") 占领1960年的英国金曲榜单之首长达八周。《麻木的心》("Wooden Heart") 和《投降》("Surrender") 则都在1961年面世, 各自占据榜首长达六周和四周。猫王和披头士 [伯吉斯在1968年的小说《恩德比的外貌》(*Enderby Outside*) 中对他们大加嘲讽] 完全代表了伯吉斯最讨厌的流行音乐和青少年文化。

17 嗓子眼直冒火 (sore athirst)：《圣经》语言"他们就甚惧怕"(and they were sore afraid) 的改编。(《路加福音》第二章第九节)

18 弹嘴巴奏乐 (lip-music，即"唇之乐声")：语出《圣温妮弗雷德泉》(*St Winefred's Well*)，杰拉尔德·曼利·霍普金斯一出未完成的剧作："如盲人之眼，在天光收起后会渴望，渴望天光之微动，聋人之耳也会渴望唇之乐声，久已丢失的唇之乐声。"伯吉斯后来写完了这部霍普金斯的剧作并谱写了其伴奏乐曲，在1989年12月23日的BBC三台中广播。

24 普里斯特利宫：J. B. 普里斯特利 (J. B. Priestley) 是英国作家和广播人 (1894—1984)，著有《好伴侣》(*The Good Companions*, 1929)、《时代与康威家》(*Time and the Conways*, 1937) 和《巡查员来电》(*An Inspector Calls*, 1945) 等书，此外还著有众多小说、戏剧和非虚构作品。伯吉斯在《当代小说》(*The Novel Now*，费伯出版社，1971年，第102—103页) 中讨论过普里斯特利的作品，并且在对温森特·布罗姆的《传记》的长篇书评中也涉及了普里斯特利的作品。该书评刊于1988年10月22日的《泰晤士报文学增刊》。

28 笔之刀剑 (swordpen)：在伯吉斯对埃德蒙德·罗斯坦德所写的法国戏剧《大鼻子情圣》(*Cyrano de Bergerac*, 1971) 的诗歌体翻译中，他处处将语言与刀剑联系起来。伯吉斯的长诗《刀剑》("The Sword") 写了一个在纽约闲逛的人，"身携一把英国宝剑，以樱桃木做鞘"。该诗发表于《大西洋彼岸评论》第23期 (1966—1967冬季号,第41—43页)上,并在伯吉斯的《革命性十四行诗和其他诗歌》(*Revolutionary Sonnets and Other Poems*)中再次出现,此书由凯文·杰克逊编辑(卡卡奈特出版社,2002年,第32—33页)。

32　**筋疲力尽,浑身无力,心里烦躁 (shagged and fagged and fashed)**:语出《铅色回音与金色回音》("The Leaden Echo and the Golden Echo"),这是杰拉尔德·曼利·霍普金斯所写的一首颇具戏剧性的诗:"哦,你的心为何如此疲倦 (haggard),因关心而乱 (so care-coiled),因关心而亡 (so care-killed),如此辛劳 (so fagged),如此烦扰 (so fashed),遭人欺骗 (so cogged),被人阻挠 (so cumbered)。"在1972年3月5日写给母亲的信中,霍普金斯写道:"我在信封里放入了三朵北国的迎春花……它们到时肯定已经枯萎无力。"

34　**老样子 (a hound-and-horny look of evil)**:《猎犬与号角》(*Hound and Horn*)是一本先锋的文学杂志,1927年成立,可能伯吉斯也对此有所知。其供稿者包括尤金·奥尼尔以及赫伯特·里德。但这里主要是指老一套的,是corny的同韵俚语。

37　**威尔逊路**:此处或是暗示伯吉斯的本名,约翰·伯吉斯·威尔逊 (John Burgess Wilson),或是指英国作家安格斯·威尔逊 (Angus Wilson, 1913—1991),伯吉斯在1961年的《约克郡邮报》中评论过他的反乌托邦小说《动物园的老人》(*The Old Men at the Zoo*)。

48　**泰勒广场**:历史学家A. J. P. 泰勒 (A. J. P. Taylor, 1906—1990),他

曾在20世纪30年代教授过伯吉斯和他的第一任妻子莉威拉·琼斯的历史课程。据泰勒的传记作家亚当·西斯曼所说,迪伦·托马斯(他后来在第二次世界大战期间与莉威拉有过亲密关系)引诱了泰勒的第一任妻子。此外,也有可能是指小说家伊丽莎白·泰勒(1912—1975),她的作品在伯吉斯看来是被评论家低估了的。参见《当代小说》第214页。

49　**路德维希·范**:路德维希·范·贝多芬(1770—1827),伯吉斯1974年出版的小说《拿破仑交响曲》(*Napoleon Symphony*),其结构取自贝多芬的《英雄交响曲》。该小说中每一章节都对应音乐中的一个篇章。贝多芬本人也在伯吉斯的小说《莫扎特与狼帮》(*Mozart and the Wolf Gang*, 1991)中出现。此外,伯吉斯还写了一部关于贝多芬和他侄子之间矛盾关系的电影剧本,贝多芬在其中被称为"路德维希大叔",但该剧本未被播出。此外,也可参见关于贝多芬音乐的谈话节目《第九交响曲》(*The Ninth*)1990年12月14日那一期,由BBC三台播出。

49　**十七天堂(Heaven Seventeen)**:英国乐队十七天堂(成立于1980年,解散于1989年)起源于谢菲尔德,他们的名字就源自伯吉斯所虚构的一个流行乐团的名字,乐队中的两名成员伊恩·克雷格·马什和马丁·韦尔都曾经是"人类联盟"乐团的成员,他们的打榜之作包括《诱惑》("Temptation")和《(我们不需要这)法西斯老一套玩意》["(We Don't Need This) Fascist Groove Thang"]。

49　**呜哇乱颤（fuzzy warbles）**：安迪·帕特里奇，XTC乐队的主力写歌手，在2002年至2006年间出版了一系列专辑，其总的名字都叫作 *Fuzzy Warbles*。

52　**欢乐如同天堂灿烂的火花**：部分引自席勒的作品《欢乐颂》，这首诗构成了贝多芬《第九交响曲》最后的合唱乐章。伯吉斯所了解的这首诗的19世纪英文翻译的中译如下：欢乐，天国的火花／极乐世界的仙姬，／我们如醉如狂，／走进你的圣地。／习俗使人各奔东西，／凭你的魔力手相携，／在你温存的羽翼下，／四海之内皆兄弟。

59　**人只能死一次**：语出莎士比亚的作品《裘力斯·恺撒》并被刻意做了修改："懦夫在未死以前，就已经死了好多次；勇士一生只死一次。"（第二幕第二场）

61　**维多利亚小区**：可能是指维多利亚公园，这是曼彻斯特沙文略学院中的一个去处，伯吉斯1928年至1935年间曾在那里学习。

68　**长发和……飘逸的大领结**：请注意本章开始时对阿历克斯长相的描写，和贝多芬的胸像非常相似，阿历克斯和贝多芬两人的共同点也加强了伯吉斯的观点（可见1985年他与艾萨克·巴什维斯·辛格的访谈），即在小说结束时阿历克斯会成长为一位伟大的作曲家。

70　**黑夜（darkmans）**：即为"夜色"，小偷常用的俚语，最初被记录是在1560年（参见《牛津英语词典》）。而Lightmans则是指白天。伯吉斯对伊丽莎白时代地下世界的黑话有所研究，参见他的文论《莎士比亚炼取了什么》（"What Shakespeare Smelt"），收录于《向夸尔特·尤欧普致敬》(*Homage to Qwert Yuiop*[1], 哈钦斯出版社, 1986年, 第264—266页)。

78 **恶心的畜生 (merzky gets)**: 即"臭流氓", 参见《卡塞尔俚语词典》。

80 **孩子, 汝乃喧闹的天堂之鲨**: 此处在刻意拙劣地模仿席勒的《欢乐颂》, 参见上文对第52页的注。

81 **冰冷的眸子**: 暗指叶芝的作品《班磅礴山麓下》("Under Ben Bulben"): "投出冷眼/看生, 看死/骑士, 策马向前!"我们知道, 在伯吉斯写《发条橙》的同一年, 他也在读叶芝的作品。他的《叶芝诗选》精装版上铭刻着"jbw [即John Burgess Wilson] 1961"。

87 **监狱牧师 (prison charlie)**: 直译为"监狱查理", 暗指电影导演和演员查理·卓别林, 不过根据伯吉斯自传第一卷,《小威尔逊和大上帝》(*Little Wilson and Big God*, 1987) 中说, 他的父亲曾经为希德·卓别林和查理·卓别林兄弟弹奏过钢琴, 第一次世界大战前他曾受雇于弗雷德·卡尔诺的剧团公司。同时, "查理"在俚语中也指笨蛋和骗子。

92 **路多维可疗法**: 双重影射, 既是指约翰·韦伯斯特的复仇悲剧《白色恶魔》(*The White Devil*, 1612) 中的意大利反角, 也是指路德维希·范 (参见上文对第49页的注)。

93 **《醒来吧》合唱序曲**: J. S. 巴赫的康塔塔第140号《醒来吧, 守望之

---

1 Qwert Yuiop亦是打字机键盘第一排字母, 据说现代英语键盘是由此匈牙利人发明的。

神呼唤我们》("Wachet auf, ruft uns die Stimme", 1731)。

93　**朗姆 (poggy)**：19世纪晚期英国军队中的俚语。帕特里奇所著的《俗语词典》中将poggy的意思注为"朗姆酒或者其他任何烈酒"。

93　**高炮 (archibalds)**：第一次世界大战时期的俚语，指的是飞机或者高射炮 (参见帕特里奇所著的《俗语词典》)。

101　**尚受惩罚，又犯新罪**：影射费奥多尔·陀思妥耶夫斯基的小说《罪与罚》，伯吉斯在1961年第一次去苏联旅行前读了此书。当他在写《发条橙》时，他曾写信给戴安娜及迈尔·吉利翁，信中伯吉斯说："我刚看完了第一章，纯粹是罪。下面要看罚的部分了，这本书让我觉得难受透了。"

125　**人人都会杀死其所爱**：布莱诺姆大夫这里的引文出自奥斯卡·王尔德所著的《雷丁监狱之歌》(The Ballad of Reading Gaol, 1897)。王尔德于1895年被判以性变态罪行，被罚两年苦役。伯吉斯后来与理查德·艾尔曼讨论过王尔德。理查德·艾尔曼所著的《奥斯卡·王尔德》(Oscar Wilde) 于1987年出版。

125　**团伙黑话 (部落的方言)**：引自T. S. 艾略特所著的《小吉丁》(Little Gidding, 1942) 第二部分："既然我们所关注的是语言，语言又推动着我们/去净化部落的方言。"(《1909—1962年诗选》，费伯出版社，第218页)。艾略特所引用的是19世纪法国诗人马拉美所写的《埃德加·坡的坟墓》("Le Tombeau d'Edgar")："让部落的语词拥有更纯洁的含义。"艾略特的诗歌总是关心着如评论家大卫·穆迪所说的"果实丰硕的死亡"。参见穆迪所著的《托马斯·斯特恩斯·艾略特：一个诗人》(Thomas Stearns Eliot: Poet)第二版（剑桥大学出版社，1994年，第239、253页）。

138 **完美的爱会驱赶恐惧**：语出詹姆士王译本的《圣经》："爱里没有惧怕；爱既完全，就把惧怕除去，因为惧怕里含着刑罚，惧怕的人在爱里未得完全。"（《约翰一书》第四章第十八节）

140 **神的使者面前必喜乐**：同样引自《圣经》："我告诉你们：一个罪人悔改，在神的使者面前，也是这样为他欢喜。"（《路加福音》第十五章第十节）

151 **莫扎特四十号**：伯吉斯后来写了一篇短文，讨论莫扎特的《第四十号交响曲》(K.550, 1788)，并将此文放入《莫扎特与狼帮》(1991)之中，第81—91页。

153 **亲爱的僵死游荡汉，不要在千变万化的伪装中腐烂**：拙劣地模仿杰拉尔德·曼利·霍普金斯的作品。

157 **吞一百片阿司匹林就能嗝屁**：尽管过量服用阿司匹林可能导致肝脏损伤和内出血，但要吞服二百五十片以上才能让一个如阿历克斯这样的成年人死去。伯吉斯可能计算有误。

174 **但路见不平，必除之后快**：引自伏尔泰1762年11月28日给达朗贝尔(d'Alembert)的信："Quoi que vous fassiez, écrazez l'infâme."

175 **鲁宾斯坦**：哈罗德·鲁宾斯坦是伯吉斯的英国出版公司威廉·海

涅曼的诽谤罪律师,他曾接手伯吉斯前两部作品《毯中敌人》(*The Enemy in the Blanket*, 1958) 以及《虫子与戒指》(*The Worm and the Ring*, 1961) 引发的诽谤罪诉讼事宜。

176 **你这嗓音扎得我心痛**:《牛津英语词典》对"扎"(prick) 一词的释义是"带来强烈的精神痛苦:造成难受和悔恨的痛心感,使悲哀,痛苦,苦恼"。

176 **我们必须让所有人都心生怒火**:指的是圣方济各·沙勿略,伯吉斯上学的沙勿略学院即因他而得名。在天主教的艺术中,燃烧的心脏这一意象与圣方济各相关。

178 **休息,惴惴不安的生灵啊**:引自莎士比亚的《哈姆雷特》(第一场第五幕)。哈姆雷特对他父亲的鬼魂如此说道:"休息,惴惴不安的生灵啊。"

192 **我真的痊愈了**:在这一句的末尾,在打字稿上紧跟着伯吉斯手写的备注:"要不要在此结束全书?可以写一个尾声。"负责出版本书1963年美国版的诺顿公司的编辑艾里克·斯温森就鼓励伯吉斯在此结束本书,也就是说不要第二十一章了。

202 **菲利克斯·M.**:作曲家菲利克斯·门德尔松 (1809—1847) 为1827年上演的莎士比亚剧作《仲夏夜之梦》写了序曲。

202 **那个让本什么布什么的家伙谱曲的法国诗人**:基于阿瑟·兰波1939年的作品《彩图集》(*Les Illuminations*),本杰明·布里顿 (Benjamin Britten, 1913—1976) 谱写了套曲 (作品18号)。伯吉斯对蒙太古·斯茅培为布里顿的歌剧《彼得·格赖姆斯》(Peter Grimes)所写的曲本评价很高。他写道,这是"我所知唯一的一本即便当作戏剧诗来读也津津有味的曲本"。

——后记[1]——

安德鲁·比斯维尔

1994年,就在安东尼·伯吉斯七十六岁逝世的前一年,BBC(苏格兰)委托一位小说家威廉·博伊德(William Boyd)执笔写了一部广播剧,来称颂伯吉斯的生平与作品。这部广播剧在1994年8月21日爱丁堡艺术节期间播出,此外还上演了一场演奏伯吉斯音乐的音乐会,发行了他的作品《格拉斯哥序曲》的唱片。这些节目被称为"伯吉斯电波全时段",其中由演员约翰·塞森斯(John Sessions)出演伯吉斯以及他在小说中塑造的自己的分身:诗人F. X. 恩德比。在同一天,《星期天时报》刊登了一篇头版文章,涉及的是同一个广播剧,其标题则是"艺术节惊曝恐怖暴力戏剧,

---

[1] 此篇"后记"为《发条橙》英国五十周年纪念版独家收录的前言。

BBC大事宣扬"。文章宣称,广播剧中将会现场直播"一段强奸戏的再现,这个片段来自很有争议的安东尼·伯吉斯的作品《发条橙》中的强奸情节"。这文章将斯坦利·库布里克的同名电影称为"和原作在犯罪情节上如出一辙",并批评这部电影"极为详尽地描写了罪犯穷凶极恶的强奸、暴力和谋杀行为"。可要是有听众真正听了这部广播剧,满心希望能听到《星期天时报》所鼓吹的那污秽又刺激的内容,一定会大失所望。威廉·博伊德的这部广播剧只有不到两分钟的内容是从《发条橙》中抽取的。这部广播剧是对伯吉斯漫长的音乐和文学生涯之庄严的称颂之作。即便辞世之后,伯吉斯似乎依然无法摆脱被捕风捉影、夸大其词的新闻业所关注的命运(尽管他在小说中总是尽力显示出一言九鼎、偏右翼的专栏作家风格)。

若要理解围绕着《发条橙》的不同版本而起的种种争议,就不得不回到半个多世纪前的1960年,当时安东尼·伯吉斯正计划写作一系列小说,描绘他幻想中的未来世界。在目前所见《发条橙》最早的写作提纲中,他列出了一本约为两百页的书的大纲,共分三部分,每个部分各为七十页左右,将故事设定于1980年。书中的反面主角暂定名称包括"障眼巨木"或者"樱桃蛆虫"之类,他是一个名叫弗雷德·维里蒂[1]的罪犯。第一部分主要描写他的罪行

---

[1] "维里蒂"原文为Verity,意为真实。

和最终被审判的过程。第二部分写监禁中的弗雷德遭遇了新型的洗脑技术，之后被释放了。第三部分主要写那些关心自由的自由派政治家和关心原罪的教堂为此事如何鼓噪起来。小说的结尾，主人公弗雷德摆脱了这种疗法的影响，回去继续犯罪了。

这个时期，伯吉斯还在构思另一部小说，名叫《让交配繁盛起来吧》[*Let Copulation Thrive*，1962 年 10 月出版时名字改作《缺失的种子》(*The Wanting Seed*)]，这也是一部未来小说，讲述了未来人口爆炸，宗教被打成非法，同性恋成为常规，甚至得到政府的公开鼓励以控制人口出生率。在这个伯吉斯所设想的未来中，男人们被强征入伍，投入战场，而战争的真实目的不过是将战死者的肉体做成罐头肉来喂养饥饿的大众。《缺失的种子》以及《发条橙》两本书共同想表达的是政治不过是左摇右摆的钟摆，在两本书中，政府都是在威权主义的强硬控制和自由主义的放任纵容之间摇摆。尽管伯吉斯有写喜剧的天赋，并且当教师时还曾表现出文化上的乐观情绪，但伯吉斯依然是一个奥古斯丁派的天主教徒，他无法将对于原罪（即人类更容易作恶而不是行善）的信仰全部嗤之以鼻，早在他还是学童时，曼彻斯特的沙勿略男校就将这些想法注入他的心中。在他的朋友与教友格雷厄姆·格林的作品中也能看见类似的对善恶之辨的痴迷。他的小说《布赖顿硬糖》(*Brighton Rock*, 1938) 中描写的社会腐败与青少年犯罪和伯吉斯的作品可比较而观。

在伯吉斯动笔写自己的反乌托邦著作前,他花了近三十年时间阅读这一流派其他的经典之作。在文学批判著作《当代小说》(*The Novel Now*, 1967年作为小册子出版, 1971年扩展为完整的一本书) 中,他专门用一章来讨论虚幻的乌托邦和反乌托邦。他认为, 20世纪的文学家们总体上都拒绝H. G. 威尔斯的社会主义乌托邦理想,威尔斯否认原罪,转而信仰科学的理性主义。伯吉斯更中意的是阿道司·赫胥黎的反乌托邦传统,赫胥黎通过诸如《美丽新世界》(*Brave New World*, 1932) 和《单身男子》(*After Many a Summer*, 1939) 等作品,挑战了认为科技进步就会自然而然带来幸福的进步派设想。伯吉斯同样深受辛克莱·刘易斯 (Sinclair Lewis) 的反乌托邦主义小说《不会在这里发生》(*It Can't Happen Here*, 1935) 的影响,该书阴暗地预言了美国右翼独裁政权的崛起。同样影响他的还有雷克斯·华纳 (Rex Warner) 的战争寓言小说《航空站》(*The Aerodrome*, 1941),故事讲述了一个有法西斯倾向的帅气又年轻的飞行员的故事。乔治·奥威尔的小说《1984》面世后不久,伯吉斯就读过 (他1951年的日记开头就写着:"打倒老大哥"),不过他总是将奥威尔的这部小说贬低为将死之人的危言,认为奥威尔对工人阶级反抗统治者进行意识形态洗脑的能力太过悲观,这毫无道理。在他1985年所著的那本集小说和文学评论于一体的著作中,伯吉斯指出,奥威尔只是将1948年他身边所见所闻的大事描写出来而已。"或许每一个反乌托邦的想象都有现实的依据，"伯吉斯写道，"它们只不过将现实的某些特点打磨、夸大，好提出道德观点，警告世人。"

1960年代初，英国的反乌托邦小说遭到一些轻微的反抗，当时伯吉斯正在为《泰晤士报文学增刊》和《约克郡邮报》写新书评论。他因职责所需，发现了这一现象，就写出了自己的幻想作品来回应。1960年，他读到了L. P. 哈特利 (L. P. Hartley) 所写的《脸部正义》(*Facial Justice*) 以及康斯坦丁·菲茨吉伯恩 (Constantine Fitzgibbon) 所写的《当吻必将终结时》(*When the Kissing Had to Stop*)。但最让他关注的莫过于戴安娜 (Diana) 和迈尔·吉利翁 (Meir Gillon) 所写的《无眠者》(*The Unsleep*, 1961)，这对夫妻搭档已经合作写了许多关于政治的非虚构作品。在《约克郡邮报》1961年4月6日的书评中，伯吉斯写道：

> (《无眠者》) 很合我胃口，是一部未幻 (或者说未来幻想) 小说，以"后奥威尔时代"的风格书写，真正回归到了"尚未重返的《美丽新世界》"(*Brave New World* Unrevisited) 的道路。这本书所描写的内容之所以可畏，不仅仅是因为最终的那个极权主义噩梦，还因为自由主义的梦想走向了疯狂。在吉利翁笔下的那个或许并不遥远的英国，已经通过先进的心理技术实现了和平 (没有战争也没有犯罪)，生活就只剩享受

而已。生活的最大敌人是睡眠；因此，睡眠必须被根除。只需要几针"清醒剂"，人们就能从黑夜手上夺回三十年时光。

但事情进展得并不顺利。长夜漫漫导致人们不停地在清醒中沉湎于作乐：犯下罪行，为非作歹，非有警察不可。然后就是昏迷病毒流行，人们相信这最初是由从火星上带来的病毒造成的。自然猛烈地报复着"清醒剂"，警告人类，正如它之前也曾警告过人类，不要过于狂妄，过于自行其是。

伯吉斯在准备动笔写《发条橙》的时候，还读过《重返美丽新世界》(*Brave New World Revisited*, 1959)。这本书是赫胥黎所写的非虚构作品，是他更早一部小说《美丽新世界》的续作。伯吉斯从赫胥黎处学到了所谓的行为矫正、洗脑和化学矫正这些刚出现的技术。没有证据表明伯吉斯曾读过心理学家斯金纳 (B. F. Skinner) 所写的《科学与人类行为》(*Science and Human Behaviour*) 一书，但他在赫胥黎的书中发现了不少摘录总结下来的斯金纳理论：

直到今天，我们依然能发现这样一位出色的心理学家，即哈佛大学的 B. F. 斯金纳教授，他坚持认为："随着科学解释运用得越来越广泛，那些可以归功于个人努力的贡献将聊胜于无。人们自吹自擂的创造力，在艺术、科学或者操守上的成就,选择的能力,以及我们让其为自己的选择而负责的权利,这些在新兴的科学的自我评估面前,都不值一提。"

正如乔纳森·米德斯(Jonathan Meades)所说,"在今日,若不是伯吉斯痛恨斯金纳,估计他早就被彻底遗忘了",对斯金纳的憎恶,伯吉斯表现得淋漓尽致。他通过小说的方式,在《发条誓言》(*The Clockwork Testament*, 1974)一书中塑造了巴拉格拉斯教授一角。在当时,斯金纳因为其乌托邦小说《瓦尔登湖第二》(*Walden Two*, 1948)而闻名。小说中,他幻想了一个由技术官僚统治的光明未来,一切规矩森严,社会养育孩童(以至于"母亲"和"父亲"这样的词汇变得毫无意义),穿着讲求功能主义,人类在同性的宿舍中安宁度日。广告的明亮灯光和光怪陆离在斯金纳的理想社会中都被废除,历史变得毫无学习价值。在《科学与人类行为》一书中,斯金纳更认为在决定人类的性格方面,基因、文化、环境和个人的选择自由都不足为道。但伯吉斯坚信自由意志是第一位的(至于个人的社会角色,则几乎完全是自我创造出来的),斯金纳所畅想的未来是最令人厌恶的胡言乱语。伯吉斯写作自己的反乌托邦小说,目的之一就在于反抗斯金纳及其追随者们的机械决定论。《发条橙》中监狱牧师曾非常精准地说出了伯吉斯的观点:"一个不能选择的人是不可称之为人的。"

伯吉斯是一位极有天赋的语言学家,曾研习马来语达到了可获学位的水平,还曾翻译过法语、俄语和古希腊语作品。他在1961年6月及7月前往列宁格勒(即今日之圣彼得堡)边工作边度假,正是出于他对俄语以及俄国文学的兴趣,而不是政治。他的出版商威廉·海涅曼(William Heinemann)之所以送他去俄国,是希望他写一本苏联的游记。伯吉斯通过白马礼(Mario Pei)所写的《俄语一本通》(Getting Along in Russian)、马克西米利安·富尔曼(Maximilian Fourman)所写的《俄语自学》(Teach Yourself Russian),以及《企鹅俄语课》(The Penguin Russian Course)自学了俄语。可是原来的非虚构作品计划很快就为一本初现雏形的不同的书让了路。在离开英国前,伯吉斯就考虑写一本小说,内容是十几岁的混混使用着1960年代早期的英国俚语,可他又担心还没等这本书出版,这些俚语就会变得老套过时。在列宁格勒的大都会宾馆外面,伯吉斯夫妻目睹了一群一群崇尚暴力、衣着华丽的年轻团伙,这让他想起英国老家的"泰迪男孩"(Teddy Boys)。他在回忆录中坚称,正是此刻,他决定为自己的小说发明一种新的语言,基于俄语,名叫"纳查语"(Nadsat,这是俄语的后缀词,"十多岁"的意思)。小说中的城市"可以是任何地方",他后来写道,"不过在我的想法中,它类似于我的老家曼彻斯特、列宁格勒以及纽约的城中心"。对于伯吉斯而言,重要的是这些衣着华丽、无法无天的年轻人在哪里都有,铁幕的两边都不乏他们的闪亮身影。

伯吉斯的文学代理人，彼得·詹森-史密斯(Peter Janson-Smith)在1961年9月5日将《发条橙》的打字稿交给了威廉·海涅曼，还附了一封信，说他自己太忙，没时间读。海涅曼的首席小说审读员梅尔·林德(Maire Lynd)写了一份谨慎的阅读报告，她认为："一切都取决于读者能多快地读进这本书……一旦读了进去，就停不下来。但语言颇为晦涩，尽管钻研也很有趣。如果运气好，这本书可能大卖，让青少年拥有一种新的语言。但是也有可能一败涂地。只会是如此的霄壤之别。"

詹姆斯·米基(James Michie)是伯吉斯的编辑，他在10月5日留下了一份备忘，其中他将这本小说形容为"所能想象的最古怪的出版问题之一"。他担心的是如何推广这本书，该书在风格上与伯吉斯之前所写的关于马来亚和英格兰的喜剧小说截然不同。米基有信心的是，这本书发明出来的语言对于大部分读者来说并不特别困难，但他指出，有一个风险是书中某些包含性暴力的章节可能会触犯1959年通过的《反淫秽出版法令》。"作者可以以艺术创作的名义自证清白，"米基写道，"但玻璃心的文学批评家可以雄辩地攻击他恣意书写性变态的幻想。"米基的建议之一就是，为了避免对伯吉斯的名誉造成伤害，最好利用彼得·戴维斯(Peter Davies)公司(实际上是海涅曼的出版公司)来出版本书，并且作者用笔名。伯吉斯对他的出版商们这些忧心忡忡的紧张情绪应该毫不知情。1962年2月4日他给海涅曼的营销部主任威廉·霍尔登

(William Holden) 写信，内容是关于一份纳查语的索引，他准备提供给书店推销员传阅使用。

另一个出版问题则是伯吉斯本人造成的。在本书第三部分末尾，第六章的打字稿上还有伯吉斯的手写笔记："要不然在这里收尾？可以加一个'尾声'。"詹姆斯·米基决定在英国版中将这个尾声放进去（有的地方这个"尾声"指的就是二十一章）。当W. W. 诺顿于1963年在美国纽约出版该书时，美国编辑艾里克·斯温森（Eric Swenson）却对伯吉斯的这个出版问题（"要不然在这里收尾？"）给出了不同的答案。二十多年后重提此事，斯温森写道："我记得他给我的评论回复道，我是正确的，他之所以加上了轻快积极的第二十一章，是因为英国出版方想要一个开心的结局。我还清楚地记得，他催着我出版一个美国版的《发条橙》，不需要最后一章，我还记得，他原本的小说就在这一章前结尾，于是我们就这么印刷了。"伯吉斯后来后悔让《发条橙》的两个不同版本在两个地区分别流通。1986年他写道："人们为此给我写信——说起来，我后半生的大量时间都用于复印我的声明，以及说明为何我的意图被扭曲了。"不过从1961年的打字稿上来看，伯吉斯对于本小说如何收尾从一开始就不太清楚。

海涅曼于1962年5月14日印刷出版了六千本《发条橙》。书卖得很糟糕，尽管文学评论家们，诸如朱利安·米契(Julian Mitchell)在《旁观者》、金斯利·艾米斯(Kingsley Amis)在《观察家》中对本书不乏赞誉。据出版商档案备忘录记载，直到1960年代中期，这本书也只售出了三千八百七十二本。早期评论的一个基调是对这本小说的语言实验深表困惑，认为这是场灾难。约翰·加勒特 (John Garrett) 在《泰晤士报文学增刊》中称《发条橙》是"扯不清爽的一大串冗辞，如同大腹便便之人，是世风日下的产物"。罗伯特·塔博曼 (Robert Taubman) 在《新政治家》中说本书"读起来费时费力"。戴安娜·乔斯森 (Diana Josselson) 在《凯尼恩评论》上将《发条橙》与威廉·戈尔丁描写尼安德特人的小说《继承者》(The Inheritors, 1955) 恶意地相提并论："人们是多么关心这些毛茸茸的生物，又是多么痛恨它们的继承者——人类啊。"马尔科姆·布拉德伯里 (Malcolm Bradbury) 的评论则有些积极，刊登于《笨拙》(Punch) 杂志上，声称《发条橙》是一本"当代"小说，因为其所描写的是"我们丧失方向，彼此冷漠，我们充满暴力，彼此蹂躏对方的肉体，我们反叛，我们抗议"。

尽管主流媒体褒贬不一，但《发条橙》很快就开始吸引地下群体的关注。威廉·S. 巴罗斯 (William S. Burroughs)，《裸体午餐》(The Naked Lunch, 1959年于巴黎出版) 的作者，为巴兰坦出版社在美国出版的该书版本写了一个热情洋溢的评论："我不知道还有任何其他作家能够像《发条橙》中的伯吉斯一样将语言发挥到极致——在语言的对比之下，这个有趣的故事本身倒显得黯然失色。"1965年，安迪·沃霍尔 (Andy Warhol) 和他的长期合作伙伴罗纳德·塔维尔 (Ronald Tavel) 拍摄了一部低成本的十六毫米黑白电影《黑胶唱片》(*Vinyl*)。这部电影和伯吉斯的小说有一些轻微的联系,主演是杰拉德·马兰加 (Gerard Malanga) 和伊迪·塞奇威克 (Edie Sedgwick)。即便是这部电影的仰慕者也称其为六十六分钟的酷刑折磨。《黑胶唱片》由四幕构成,台词明显是即兴发挥。电影首映是在 1965 年 6 月 4 日,地点是纽约电影中心。据安迪·沃霍尔的回忆录《波普主义》一书记载,在 1966 年,这部戏又起码上演了两次,还成为地下丝绒乐队 (the Velvet Underground) 在纽约和罗格斯大学各场音乐会的一系列背景图片。在 1966 年 4 月,克里斯托弗·伊舍伍德 (Christopher Isherwood) 在日记中写道,布莱恩·赫顿 (Brian Hutton,此人还执导了 1978 年的电影《血染雪山堡》) 请他根据《发条橙》的故事写一个电影剧本。第二年 5 月,泰瑞·塞瑟恩 (Terry Southern) 和迈克尔·库珀 (Michael Cooper) 将他们的《发条橙》剧本草稿提交给不列颠电影审查局委员会审查,迈克尔·库珀还提议让米克·贾格尔 (Mick Jagger) 出演男主角,但这个版本被否决了,理由是"耸人听闻地消费青少年的团伙暴力……不但可恶,而且危险"。也有人让伯吉斯本人在 1969 年 1 月又创作了一个剧本,但是没有哪怕一个人愿意据此拍一部电影。直到 1970 年 1 月,斯坦利·库布里克一直在和西·利特维诺夫 (Si Litvinoff) 和麦克思·拉布 (Max Raab) 通信,两人很快将电影版权卖给了华纳兄弟娱乐公司。若要回溯,我们可以清楚地看出,从书籍出版开始，伯吉斯所写的这个故事就一直在期待获得更广大的观众。库布里克电影版的《发条橙》于1971年12月在纽约公映，1972年1月在伦敦上映。库布里克说，他被伯吉斯的这部小说所吸引，主要因为其"情节巧妙，人物鲜明，哲思明确"，伯吉斯对他的赞美也投桃报李，称这部电影是"对我小说原作的大胆改写"。由于受视觉媒介的情况所限，库布里克删除了大量伯吉斯自己发明的语言，但他尽力地去暗示第一人称视角，例如将其中一段斗殴戏码用慢动作拍摄（音乐是罗西尼的作品），又用了十倍速来拍摄性乱交的场面。但电影的现实主义风格让这部作品前四十五分钟的暴力场景更加直接。或许正因为如此，库布里克才决定不拍第二段监狱中的谋杀情节，并且将阿历克斯用性暴力蹂躏的十岁小女孩变得老一些（她们在电影中变成了可自主决定是否与人发生性关系的成年人）。

从伯吉斯与他代理人的信件来看，库布里克很清楚这部小说有两个结局，他是经过深思熟虑之后才决定采用更短的美国版故事。库布里克1980年与米歇尔·西蒙（Michel Ciment）谈话时说："最后那一章描写的是阿历克斯如何转变，并恢复成正常人，但在我看来，这没有说服力，与本书的风格和意图都不合……当然了，我甚至都没有考虑过要不要拍最后一章。"

尽管伯吉斯本人在1972年电影首映时给予作品盛赞，可当导演库布里克自己发行了一版插图本的书，还冠名为《库布里克的发条橙》之后，他就变了心思。对于库布里克将自己打扮成文化产品

《发条橙》的唯一作者之事，伯吉斯怒火中烧。他以阿历克斯的口吻在《图书馆杂志》(1973年5月1日)上对此"电影的原著"加以评论，还增加了一些在小说中未曾出现的新纳查语词汇：

说起我们的老伙计库布里克，这个臭玩意，哥们儿啊，从他的奖金或者什么狗屁东西里整出来这么个鬼东西。这可真是一部棒棒的电影，是他的大师之作，足以让任何好样的、正儿八经的小伙子把卵子和肠子都笑翻出来。这电影，就是极端暴力的鞭打，老一套抽插的把戏，不会打开话头，除非是有什么家伙唠唠叨叨，但说的你都听得懂，不会让你的脑袋瓜放空死睡，不像在图书馆里用冷腚贴板凳。

如今，你也看得出，这个由血肉和狗屎组成的家伙，叫库布里克还是祖不里克(阿拉伯人管那脏玩意叫祖不里克)，他生命的意义就是写本书。现在他可算写了书了，哦我的小兄弟啊，货真价实，没错没错。这可是他朝思暮想的了，如今可算是到手了，库布里克，祖不里克，写书人。

不过，兄弟们，让我笑疯了的是，这本书肯定要一路掉进黑窟窿里，给之前就掉进窟窿的那本书做个伴。也就是 F. 亚历山大或者斯特吉斯或什么鸟人写的那本。因为如果大家都能瞪大了眼珠子看到真正的日子是咋过的,谁还会屁话啰嗦?

这就是了,没错没错,好极了。祖不里克荷包里的票子啪啪地响,对于你小兄弟来说,也可算得上是大人物了。咱要对各位爷们儿,狗屎玩意,大弹嘴皮子,噗噜噜噜。——阿历克斯。

对于库布里克的电影《发条橙》,还有一点需要指出,即电影忽视了小说亚文化中着重描写的毒品的重要性。库布里克曾经拒绝了伯吉斯所改写的舞台剧剧本,这一剧本最后也未能印刷。这一版故事中,阿历克斯的床头柜里有各种各样的可怕玩意儿,包括一个婴儿的头骨和静脉注射器。在小说中,阿历克斯强奸那一对女孩之前,曾给自己注射毒品来增强性欲。在克洛瓦奶吧("克洛瓦"在俄语中是"奶牛"的意思)里,当阿历克斯和他的同伙们聚集起来,商讨如何作恶时,牛奶中也掺有各色毒品,比如"合成丸"(墨司卡林)和"刀子"(安非他命)。

伯吉斯在20世纪50年代的马来亚曾经常吸食大麻和鸦片,据说他还是一位"吸毒写作运动"的先锋。他在瘾君子圈内一定因为《发条橙》这本书而声名大噪,因为库布里克所拍摄的这部电影中几乎毫无毒品的痕迹。但若有人读过这本书,又对1962年这一年或其后一段时间有所关注,就肯定会发现青年团伙文化、时尚、音乐和随意吸毒之间的关系。这些元素对小说《发条橙》在反主流文化圈内获得盛誉也有很大帮助。从很多角度来看，这本书是经过刻意策划安排的，既能吸引60年代末追求迷幻的佩花嬉皮士，又能吸引70年代整个十年中风行的、更好战的光头党和朋克一族亚文化圈。伯吉斯本人就曾大声疾呼，表明他对嬉皮士（被他称为"胡子莽汉"）和流行音乐的痛恨。他在小说中曾预言的文化转变，真正到来时让他自己也胆战心惊。

无论如何评价《发条橙》对流行文化的影响都不算高估。简单来说，我们可以列举出一大堆乐队，其名字直接来自这本小说，Heaven 17、Moloko、The Devotchkas 和 Campag Velocet 只是其中最鲜明的例子。朱利安·科普（Julian Cope）是利物浦乐队"眼泪爆炸"（The Teardrop Explodes）的主唱，他在自传中回忆，读完伯吉斯这本小说时他还在读书，当下就决定学习俄语。"性手枪"乐队（the Sex Pistols）的鼓手宣称，他一生只读过两本书：克雷兄弟（Kray Twins）的自传和《发条橙》。滚石乐队在他们一张专辑的唱片封套上的宣传语是用纳查语所写。"污点"乐队（Blur）成员在他们的歌曲《宇宙》（"The Universal"）的视频拍摄中穿成《发条橙》中团伙的模样。库布里克电影中的克洛瓦奶吧也原样出现在丹尼·博伊尔（Danny Boyle）的电影《猜火车》中。甚至凯莉·米洛（Kylie Minogue）在她2002年的专辑《发热》（Fever）的巡回演唱会上，也穿着白色连裤装，搭配黑色圆顶帽，戴着假睫毛。

除此之外，伯吉斯的小说也打开了之后数代英国小说家在语言上探索的可能性，并且影响颇为深远。承认自己受到伯吉斯影响的作者颇有其人，马丁·艾米斯 (Martin Amis)、J. G. 巴拉德 (J. G. Ballard)、威尔·塞尔夫 (Will Self)、威廉·博伊德、A. S. 拜厄特和布莱克·莫里森 (Blake Morrison) 不过是其中的佼佼者而已。

伯吉斯本人除了以小说家和语言学家为主业外，也是一位高产的业余作曲家。他在1986年和1990年先后推出了两部根据《发条橙》改编的舞台音乐剧。其中一部 (带有未来主义的标题，叫作《发条橙2004》) 1990年由皇家莎士比亚剧团在伦敦巴比肯剧院 (Barbican Theatre) 上演。在这个版本的音乐剧中，作曲的是爱尔兰乐队U2里的Bono[1]和The Edge[2]。在《星期天时报》中，约翰·彼得 (John Peter) 如此评价这部由罗恩·丹尼尔斯 (Ron Daniels) 执导的"平庸到人畜无伤"的皇家莎士比亚剧团的舞台剧："暴力场景都变成了哑剧，结果是造成了如同芭蕾舞一样狂舞的歇斯底里，一点都不恐怖。表演很粗糙，生硬又机械，不过也不能全怪剧本，尽管剧本大费周章地塑造人物，却对其他的都不屑一顾。菲尔·丹尼尔斯 (Phil Daniels) 饰演的阿历克斯并不吓人，相反倒让人讨厌。他边做事，边讲述，让这情节变得仿佛是在说古怪的奇闻逸事。我当

---

[1] 即U2主唱保罗·大卫·休森 (Paul David Hewson)。
[2] 即U2吉他手大卫·荷威·伊凡斯 (David Howell Evans)。

然知道小说也是用第一人称写成，但是用文字来讲述剧情和在舞台上现场表演剧情，这可大不相同。"伯吉斯所写的戏剧版本后来在很多地方上演过，最近的一次是在伦敦和爱丁堡，但在笔者写下此文的时候（2012年春），他所写的《发条橙》音乐剧只完整上演过一次。

在伯吉斯所写的《发条橙》舞台版最后一幕中，"一个蓄着胡子，形似斯坦利·库布里克的男子"走上台来，用小号演奏《雨中曲》，他被其他的演员踢下了台。伯吉斯夺回作者对作品控制权的决心通过这个音乐版闹剧的小安排昭然若揭。不过可能他对于作品著作权的担心并无用武之地。自从他1993年过世之后，新一代的读者成长起来，他和库布里克的两个《发条橙》，哪一个更能风光常在，不言而喻。

——安东尼·伯吉斯1961年初版《发条橙》打字稿——
(含作家手迹)

Title page

A CLOCKWORK ORANGE

Anthony Burgess

HEINEMANN
LONDON MELBOURNE TORONTO

old Dim had a very hound-and-horny one of a clown's litso (face, that is), Dim not ever having much of an idea of things and being, beyond all shadow of a doubting thomas, the dimmest of we four. Then we wore waisty jackets without lapels but with these very big built-up shoulders ("pletchoes" we called them) which were a kind of a mockery of having real shoulders like that. Then, my brothers, we had these off-white cravats which looked like whipped-up kartoffel or spud with a sort of a design made on it with a fork. We wore our hair not too long and we had flip horrorshow boots for kicking.

"What's it going to be then, eh?"

There were three devotchkas sitting at the counter all together, but there were four of us malchicks and it was usually like one for all and all for one. These sharps were dressed in the heighth of fashion too, with purple and green and orange wigs on their gullivers, each one not costing less than three or four weeks of those sharps' wages, I should reckon, and make-up to match (rainbows round the glazzies, that is, and the rot painted very wide). Then they had long black very straight dresses, and on the groody part of them they had little badges of like silver with different malchicks' names on them - Joe and Mike and suchlike. These were supposed to be the names of the different malchicks they'd spatted with before they were fourteen. They kept looking our way and I nearly felt like saying the three of us (out of the corner of my rot, that is) should go off for a bit of pol and leave poor old Dim behind, because it would be just a matter of koopeeting Dim a demi-litre of white but this time with a dollop of synthemesc in it, but that wouldn't really have been playing like the game. Dim was very very ugly and like his name, but he was a horrorshow filthy fighter and very handy with the boot.

"What's it going to be then, eh?"

The chelloveck sitting next to me, there being this long big plushy seat that ran round three walls, was well away with his glazzies glazed and sort of burbling slovos like "Aristotle wishy washy works outing cyclamen get forficulate smartish".

2.

God bless you, boys," drinking.

Not that it mattered much, really. About half an hour went by before there was any sign of life among the millicents, and then it was only two very young rozzes that came in, very pink under their big copper's shlemmies. One said:

"You lot know anything about the happenings at Slouse's shop this night?"

"Us?" I said, innocent. "Why, what happened?"

"Stealing and roughing. Two hospitalisations. Where've you lot been this evening?"

"I don't go for that nasty tone," I said. "I don't care much for these nasty insinuations. A very suspicious nature all this betokeneth, my little brothers."

"They've been in here all night, lads," the old sharps started to creech out. "God bless them, there's no better lot of boys living for kindness and generosity. Been here all the time they have. Not seen them move we haven't."

"We're only asking," said the other young millicent. "We've got our job to do like anyone else." But they gave us the nasty warning look before they went out. As they were going out we handed them a bit of lip-music: brrrrzzzzrrrr. But, myself, I couldn't help a bit of disappointment at things as they were those days. Nothing to fight against really. Everything as easy as kiss-my-sharries. Still, the night was still very young.

10.

you want? Get out at once before I throw you out." So poor old Dim, masked like Peebee Shelley, had a good loud smeck at that, roaring like some animal.

"It's a book," I said. "It's a book what you are writing." I made the old goloss very coarse. "I have always had the strongest admiration for them as can write books." Then I looked at its top sheet, and there was the name - A CLOCKWORK ORANGE - and I said, "That's a fair gloopy title. Who ever heard of a clockwork orange?" Then I read a malenky bit out loud in a sort of very high type preaching goloss: " - The attempt to impose upon man, a creature of growth and capable of sweetness, to ooze juicily at the last round the bearded lips of God, to attempt to impose, I say, laws and conditions appropriate to a mechanical creation, against this I raise my swordpen - " Dim made the old lip-music at that and I had to smeck myself. Then I started to tear up the sheets and scatter the bits over the floor, and this writer moodge went sort of bezoomny and made for me with his zoobies clenched and showing yellow and his nails ready for me like claws. So that was old Dim's cue and he went grinning and going er er and a a a for this veck's dithering rot, crack crack, first left fistie then right, so that our dear old droog the red - red vino on tap and the same in all places, like it's put out by the same big firm - started to pour and spot the nice clean carpet and the bits of his book that I was still ripping away at, razrez razrez. All this time this devotchka, his loving and faithful wife, just stood like froze by the fireplace, and then she started letting out little malenky creeches, like in time to the like music of old Dim's fisty work. Then Georgie and Pete came in from the kitchen, both munching away, though with their maskies on, you could do that with them on and no trouble, Georgie with like a cold leg of something in one rooker and half a loaf of kleb with a big dollop of maslo on it in the other, and Pete with a bottle of beer frothing its gulliver off and a horrorshow rookerful of like plum cake. They went haw haw haw, viddying old Dim dancing round and fisting the writer veck so

18.

one of these stinking millicents at the back with me. The fat-necked not-driver said:

"Everybody knows little Alex and his droogs. Quite a famous young boy our Alex has become."

"It's those others," I creeched. "Gerogie and Dim and Pete. No droogs of mine, the bastards."

"Well," said the fat-neck, "you've got the evening in front of you to tell the whole story of the daring exploits of those young gentlemen and how they led poor little innocent Alex astray." Then there was the shoom of another like police siren passing this auto but going the other way.

"Is that for those bastards?" I said. "Are they being picked up by you bastards?"

"That," said fat-neck, "is an ambulance. Doubtless for your old lady victim, you ghastly wretched scoundrel."

"It was all their fault," I creeched, blinking my smarting glazzies. "The bastards will be peeting away in the Duke of New York. Pick them up, blast you, you vonny sods." And then there was more smecking and another malenky tolchock, O my brothers, on my poor smarting rot. And then we arrived at the stinking rozz-shop and they helped me get out of the auto with kicks and pulls and they tolchocked me up the steps and I knew I was going to get nothing like fair play from these stinky grahzny bratchnies, Bog blast them.

desks, and at the like chief desk the top millicent was sitting, looking very serious and fixing a like very cold glazzy on my sleepy litso. I said:

"Well well well. What makes, bratty? What gives, this fine bright middle of the nochy?" He said:

"I'll give you just ten seconds to wipe that stupid grin off of your face. Then I want you to listen."

"Well, what?" I said, smecking. "Are you not satisfied with beating me near to death and having me spat upon and making me confess to crimes for hours on end and then shoving me among bezoomnies and vonny perverts in that grahzny cell? Have you some new torture for me, you bratchny?"

"It'll be your own torture," he said, serious. "I hope to God it'll torture you to madness."

And then, before he told me, I knew what it was. The old ptitsa who had all the kots and koshkas had passed on to a better world in one of the city hospitals. I'd cracked her a bit too hard, like. Well, well, that was everything. I thought of all those kots and koshkas mewing for moloko and getting none, not any more from their starry forella of a mistress. That was everything. I'd done the lot, now. And me still only fifteen.

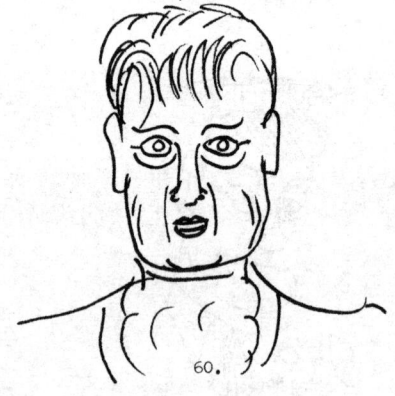

60.